VANDA AMORIM

CB080301

MARIA E EU

Os gritos do meu silêncio

LETRAMENTO

Editor:
Gustavo Abreu

Revisão:
Nathan Matos | LiteraturaBr Serviços Editoriais

Capa:
Maquinaria Studio

Projeto Gráfico e Diagramação:
Luís Otávio Ferreira

Referência para citação
AMORIM, Vanda. Maria e Eu.Belo Horizonte:Letramento,2016.

Dados Internacionais de Catalogação na Publicação (CIP)
Bibliotecária Juliana Farias Motta CRB7- 5880

A524m Amorim, Vanda,1964-
Maria e Eu / Vanda Amorim. -- Belo Horizonte, MG : Letramento, 2016.
144 p.: .; 21 cm.

ISBN: 978-85-68275-95-5

1. Ficção brasileira. I. Título.

CDD B869.3

Grupo Editorial Letramento

Belo Horizonte - MG
Rua Cláudio Manoel, 713
Funcionários
CEP 30140-100
Fone 31 3327-5771
contato@editoraletramento.com.br
www.editoraletramento.com.br

AGRADECIMENTOS

Agradeço aos meus fiéis leitores e a todas as pessoas que de uma forma ou de outra apreciam minhas obras. Meu especial agradecimento às blogueiras Fernanda Alvarenga do *blog Viagem Literária*, Luciara do *Leituras e Devaneios* e Aurilene Vieira do *Sempre Romântica* pelo incansável incentivo e divulgação da arte literária.

Meu enorme carinho aos alunos, mestres e diretores das escolas Monteiro Lobato das cidades de Barreiras e Luís Eduardo Magalhães na Bahia, Núcleo Educacional Ferrazense – Nef da cidade de Ferraz de Vasconcelos em São Paulo, que foram as primeiras escolas a adotarem meus livros como leitura paradidática.

Agradeço o apoio incondicional de meus queridos Silvio Tini de Araújo, José Renato Nalini, Roberto Porto, Samuel Ferreira, Keila Ferreira e José Roberto Neves Amorim.

Autora

APRESENTAÇÃO DA AUTORA

Vanda e a magia da palavra

Quando prefaciei *Crocodilo sonhador,* livro de 2009 da estreante Vanda Amorim, surpreendi-me com a desenvoltura da autora no manuseio das palavras, pois trabalha com propriedade e fidalguia de estilo. Não queremos terminar de ler, embora não consigamos deixar a leitura. Aquela angústia gostosa de se sentir preso à trama e temer a chegada ao final.

Depois vieram *Deus não abandona,* de 2010, *Uva, vinho e tulipas* e, finalmente, *Maria e Eu,* ambos deste abençoado 2016.

O talento em Vanda Amorim jorra inesgotável. Qual mina preciosa, vai extraindo de suas sensações, percepções e experiências textos que nos transformam. Afinal, um livro deve mesmo ser um instrumento de transformação. Precisamos nos tornar outras pessoas depois desses encontros literários que nos marcam, modificam e acrescentam valiosos graus a nossa vivência intelectual.

Vanda Amorim alia a sua criatividade ao laborioso mister de uma advocacia profícua na área nevrálgica da família. Laboratório diuturno em que sua sensibilidade é lapidada e de onde derivam sua imaginação e as belas páginas com que hoje podemos nos deliciar.

A literatura ganhou uma profissional! Bem-vinda ao mundo mágico das palavras, que nos enreda, nos preenche e nos torna a cada dia mais humanizados e mais atentos ao encantamento do mundo.

José Renato Nalini

Secretário da Educação do Estado de São Paulo
Membro da Academia Paulista de Letras

PREFÁCIO

O mundo está cheio de livros fantásticos que ninguém lê

Umberto Eco

Em *Maria e Eu*, o leitor mergulhará na dramática história de uma menina meiga, de apenas 14 anos, que, por descuido do mundo, viveu num labirinto de sentimentos que giraram em torno do abandono afetivo e do abuso sexual que tolerou debaixo do olhar de sua própria família. Sua triste experiência varreu para longe a normalidade de sua infância, acarretando-lhe uma adolescência repleta de cicatrizes que deram lugar apenas à lembrança da rejeição, da gravidez indesejada, do abandono e de todas as desilusões que a levaram a sofrer em silêncio.

"O jeito, então, foi sofrer cada vez mais em silêncio. Só mais tarde, entendi que aquilo tudo fazia parte do meu verdadeiro castigo. Eu precisava superar e seguir em busca do perdão da vida, mas eu não sabia por onde começar."

É uma narrativa em primeira pessoa, sem nomeação aos demais personagens, cujo enredo traz um discurso livre predominante, com a finalidade de penetrar no mundo introspectivo do ser humano.

Ao resolver expor a sua própria história, Maria não teve a intenção de dividir ou transferir suas angústias para o leitor. Apenas pretendeu demonstrar o quão o ser humano é forte e capaz para enfrentar as fúrias da vida. Se ela pode, todos podem. Maria conta que somente depois de transitar pelas piores situações reservadas para uma só pessoa, é que aprendeu a conversar com Deus, quando, finalmente, mais firme, conseguiu driblar a sua amargura.

"Vejo-me mais fortalecida e confiante. Os dias passam e parece que algo diferente vai se instalando dentro de mim. Espero mesmo que seja uma decisão justa. Não quero prejudicar ninguém, mas também não quero sair prejudicada. Porém, no fundo, as coisas estão caminhando bem."

É praticamente impossível começar a ler este romance e não ir até o final. É uma leitura cativante que prende o leitor até a última sílaba.

A linguagem coloquial é uma das chaves que a autora usa para fazer com que o leitor fique sintonizado na história. É um romance ficcional de primeira grandeza. Suas palavras são uma inesgotável fonte de magia. Espero que essa obra seja adaptada para os cinemas. É uma preciosidade digna de muitos aplausos.

Vanda Amorim é fantástica! Ela dá um nível de intensidade e densidade à história a ponto de nos vermos completamente submersos no mundo dos personagens. O livro é suspirante porque percebemos sensivelmente o crescer do enredo até o seu ápice final. De todos os romancistas contemporâneos, talvez Vanda Amorim seja a mais perspicaz, a que melhor interpreta os meandros da *psique* humana, e isso está comprovado também nas obras anteriores (*Crocodilo sonhador, Deus não abandona* e *Uva, vinho e tulipas*).

Descobrimos em suas palavras que as pessoas são compostas de camadas de segredos. Podemos achar que as conhecemos ou que as entendemos, mas seus motivos estão sempre ocultos, encravados em seus próprios corações. Nunca as desnudamos de verdade, mas, mesmo assim, não perdemos a esperança em sempre confiar.

Só posso concluir dizendo que, de fato, o mundo pode estar cheio de livros fantásticos que ninguém lê, mas *Maria e Eu*, certamente todos irão apreciar.

Ótima leitura,

Samuel Cassio Ferreira

São Paulo, Primavera de 2016

A não-violência absoluta é a ausência absoluta de danos provocados a todo o ser vivo. A não-violência, na sua forma ativa, é uma boa disposição para tudo o que vive. É o amor na sua perfeição.

Mahatma Gandhi

A MENINA QUE NÃO SABIA FALAR COM DEUS

Sou um homem bem-sucedido, mas nem por isso deixo de confessar que a complacência faz parte do meu ser. Aliás, sei disso desde que nasci. Minha vida teve todos os ingredientes necessários para fazer de mim uma pessoa complicada e infeliz, do tipo que vive cheio de rancores, dores e, necessariamente, colado a um psicanalista. Mas o fato é que nunca fui. Acho que descobri desde cedo que viver com naturalidade é a melhor saída. Sempre procurei acordar, respirar e dormir todos os dias sem somatizar os problemas do cotidiano. Simplesmente vivo como o próprio dia que clareia e escurece no momento adequado e na medida certa. Foi assim que me tornei um adulto leve e sem grandes complicações. Mas por outro lado, essa graça, que a maioria prefere chamar de sorte, me acarreta uma séria missão. É fato, mas tudo o que a vida me proporcionou e, ainda, proporciona, talvez por gratidão, tenho e devo retribuir. Acho que esse seja o verdadeiro mote de minha existência. Minha missão é percorrer o mundo para mostrar, por meio de ações e de palavras, o quanto a vida é mágica e simples.

Todos os dias quando acordo, antes de abrir os olhos, abro primeiro o meu coração. De vistas semicerradas, respiro profundamente e dou permissão para o ar da vida caminhar compassadamente dentro de mim. Posso garantir, ele é doce e leve como as nuvens brancas que desfilam com elegância sob o céu azul de meu saudoso Rio de Janeiro nas ternas manhãs de outono. Ele é tranquilo e passeia dentro de mim sem pressa, sem compromisso e sem obstáculos.

Depois dessa turnê que legitima a minha existência, abro os olhos e vejo, através da minuciosa fresta que escapa da persiana que veste a janela de meu quarto, mais um dia sorrir para o mundo. Sinto-me em paz e forte para continuar a jornada de busca, aprendizado e retribuição.

Isso tudo faz de mim um homem mais firme. Por isso, nada me incomoda tanto, nada me abala demais, nada, sem muita expressão, me tira do eixo. Nem mesmo a ira daqueles que se colocam como meus oponentes me inquieta. Apesar de ser uma pessoa pacífica, a minha profissão, por sua própria essência, me traz, mesmo contra a minha vontade, alguns inimigos. Aliás, muitos deles, na maioria das vezes, nem mesmo eu sei de onde vêm. O fato é que a verdade e a palavra são armas com as quais temos de aprender a conviver e a dominar. Muitas vezes, elas fazem padecer aqueles que buscam viver na contramão do sistema. E essas pessoas que vivem às margens dos deslizes, quando se sentem ameaçadas, utilizam-se do caminho aparentemente mais fácil, declarando-se, então, oponentes.

Mas apesar desses indivíduos se intitularem como inimigos mortais, eu não os vejo dessa maneira. É uma pena, mas quem sabe um dia eles possam entender que a palavra e a justiça fazem parte do meu ofício.

Ainda assim, eles querem me abater de alguma forma, mas a minha lisura é o escudo de minha tranquilidade e de meu sucesso. Diante disso, sem saída, pois não encontram motivos admissíveis para me atacar, eles usam a minha origem para agredir a minha honra. Pobres fulanos, cada vez que isso acontece, eu cresço, e o ódio deles por mim também. Não tenho medo. Minhas origens são o meu alicerce. Fui pobre sim, mas nunca hipócrita. Fui pobre sim, mas nunca um fraco.

Os ataques me fortalecem. Eles tentam me impingir um sofrimento que nunca existiu. Perdem seu tempo! Minhas raízes me engrandecem, me sustentam e só me fazem escalar.

Para me conhecer, nem precisaria dizer de onde vim. A palavra favela resume tudo, eu suponho. Favela soa *démodé* nos dias atuais. Agora, sei que no Brasil se diz comunidade. Então, favela, comunidade, tanto faz, é de lá mesmo que eu vim.

Sou um sujeito de muita luz, e repito isso todos os dias de minha vida. Desde cedo fui acolhido por uma família de bem e bastante endinheirada. Todas as manhãs eu saía muito cedo para a escola. Minha casa ficava distante do colégio. Eu ia caminhando até lá todos os dias, ia contando os passos com a mesma alegria peculiar de uma criança normal. Vivíamos em uma tapera feita de uma madeira fina, de péssima qualidade que, à época, chamavam de *madeirite*. O meu pai trabalhava como servente de pedreiro, e comprava aquelas placas de seu patrão, a preço acessível, depois de elas terem sido usadas como tapume de uma construção ou outra. Lembro-me do rosa-choque que as revestia – aquilo depois de colocado no barraco parecia um papelão pintado a guache. A cor era forte de doer os olhos. Os meus amigos zombavam e diziam que minha casa, pelo rosa extravagante, parecia uma caixa da boneca *Barbie*, que acabava de explodir no Brasil naquela época. Eu dava risada, levava tudo na brincadeira, nunca liguei para aqueles deboches. Por dentro de minha casa, o revestimento era de papelão grosso e malcheiroso, que ficava bem pior na época de chuva. Mas quando o sol esquentava tudo ficava bem novamente. Quando eu saía de manhã para a escola, levava comigo, dentro uma modesta bagagem de plástico – que nem de longe lembrava as lancheiras requintadas de meus colegas – um pão francês amanhecido recheado com uma fina pasta de banana adocicada. A aparência não era lá grande coisa, mas o sabor... Lembro-me que era apenas uma banana com algumas colheradas de açúcar grosso e escuro para passar nos quatro pães. Minha inesquecível mãe nunca fez distinção entre mim e os meus três irmãos menores. Perto da hora do almoço, quando o meu estômago já roncava de novo, eu pegava o guardanapo de pano que havia protegido aquela deliciosa merenda, que já havia sido devorada no recreio, e o cheirava profundamente para acalentar a fome que estava batendo de novo. Parece bobagem, mas essa é uma das boas lembranças que carrego de minha infância.

Minha casa era pobre, mas a escola era rica. Eu destoava de meus colegas, mas só na aparência e no lanche, é claro. Jamais fui maltratado por quem quer que fosse naquele lugar. Pelo contrário, minha dedicação e interesse pelos estudos me proporcionavam muitas amizades – aliás, muitas das quais conservo até os dias atuais. Não tenho dúvida, fui e sou um homem de grande proteção.

Naquele tempo eu não sabia, mas hoje eu sei que foi a minha postura que me garantiu tanto respeito. A minha simplicidade não me fazia menor que ninguém, a minha condição financeira não me pesava a cabeça, que se mantinha sempre erguida.

Sou assim e acho que vou morrer assim. Não é demagogia. Mas por respeito à vida e às pessoas, sagro o reconhecimento da bondade, da dedicação e do altruísmo, em primeiro plano; e se alguma recompensa vem a partir disso é sempre bem-vinda.

Isso é importante e eu preciso contar. Minha dedicação aos estudos me trouxe aos vinte e um anos um diploma de jornalista. A Universidade Federal do Rio de Janeiro faz parte de minha história. Aquele importante canudo, eu dediquei aos meus pais e àquela família rica, que sem qualquer obrigação ou interesse, tanto me ajudou.

No último ano da faculdade, inacreditavelmente, fui agraciado com um prêmio pelo reconhecimento de mérito. Naquele tempo, eu já gostava de pesquisar e escrever sobre as mazelas do mundo. Aquele prêmio me abriu tantas portas que às vezes, nem mesmo eu, acredito. A pobreza do meu Rio, que, na ocasião, acabava de perder a condição de Capital Federal, que fiz estampar numa matéria inédita, levou-me para Londres, onde permaneci por mais de nove anos. Aprendi muito naquele país incrível. Aprendi a amar ainda mais minha profissão, as palavras, a verdade, a justiça e o papel, que tempos depois foi substituído pelo computador, que até hoje tento me adaptar.

X

Sinto uma afeição nostálgica pela era do impresso, por isso não me incomodo em gastar tantas recargas de minha velha e surrada Montblanc, a mesma que ganhei daquela família rica em minha formatura.

Em Londres, adorava ouvir a palavra tabloide. Ela soava como música aos meus ouvidos. Desde cedo, minha profissão foi um orgulho, e fazer parte do jornalismo britânico era tão prazeroso quanto falar de minha nacionalidade. Sou brasileiro sim! Um colega inglês de redação repetia sempre que nunca ouviu ninguém falar de seu país com tanta emoção e orgulho como eu. Ele tinha razão: amo e admiro o meu Brasil.

Passei alguns anos trabalhando na redação do *Finacial Times*, onde conheci muita gente importante que me levou a uma súbita explosão profissional. Infelizmente, aquilo não era bem o que eu queria, mas o salário era muito bom para um simples rapaz de vinte e poucos anos, e isso não podia ser desprezado.

O meu desejo era trabalhar com o que definitivamente eu me identificava: pessoas e vida. Economia era muito impessoal. Mas eu não sofria com aquilo e, por isso, continuei trabalhando no *Finacial Times* com a mesma determinação e responsabilidade de sempre.

Como para mim tudo sempre andou muito rápido e para frente, não demorou muito para as coisas mudarem. Alguns poucos anos depois eu fui convidado para fazer parte da equipe de redação do jornal *The Guardian*. Lá sim, me realizei como jornalista. Passei a explorar o que de fato gostava. Visitei muitos países, contei muitas histórias. Simplesmente, amava aquilo tudo. O Rio de Janeiro, por diversas vezes, foi protagonista de minhas matérias. Eu mostrei para o mundo o abandono, a pobreza, o descaso e a violência carioca. Mas mostrei também as suas magias e belezas, em especial de seu povo, incomparáveis com o resto do mundo.

A vida foi passando, e aos trinta e um anos, conheci em Londres uma jornalista americana, por quem me apaixonei perdidamente. Não teve jeito, aquela paixão foi arrebatadora e determinante para que em poucos meses eu me transformasse num cidadão norte americano.

Inacreditavelmente, saí do *The Guardian* com uma carta de apresentação dirigida ao nada mais, nada menos, redator chefe do jornal *The New York Times*. Aquilo tudo era surpreendente: uma paixão avassaladora por uma mulher linda e incrível e um lugar garantido no maior jornal do mundo.

Acho que agora fica mais fácil para entender o quanto eu preciso retribuir a tudo que a vida vem me proporcionando.

Bem, a experiência e a palavra me trouxeram muito dinheiro. Essas três coisas juntas me impulsionaram a fundar uma organização não governamental para auxílio à criança carente. *HCF – Help Children Foundation*. Esse foi o nome que escolhi para a instituição que seria mais tarde a menina dos meus olhos. Crianças e jovens são e sempre serão o foco de meu trabalho e de minha existência.

A atividade desenvolvida pela Fundação é de cunho coletivo e busca atender anseios e necessidade de crianças e jovens carentes, que vivem ao redor do mundo inteiro. Porém, a prioridade é para aqueles que vivem em países mais necessitados e abandonados pelo sistema, predominantemente capitalista. Mas isso nunca impediu que um ou outro caso específico, mesmo em países mais abastados, fosse investigado. E, coincidentemente ou não, foi no Rio de Janeiro que acompanhei a trajetória intrigante de uma adolescente do subúrbio carioca, que em muitos aspectos se identificava comigo, em especial por sua origem humilde. Foi a história inusitada daquela garota que me trouxe a esta narrativa.

Quando tudo estourou na mídia, eu estava no Rio passando férias com minha esposa e meus dois filhos. Mas, mesmo depois de voltar para os Estados Unidos, mantive a curiosidade de continuar acompanhando o desenrolar dos acontecimentos pela internet. Apenas mais tarde, tive oportunidade de me corresponder com essa jovem. Antes mesmo de nos conhecermos pessoalmente, por algumas vezes, através da Fundação, pude orientá-la a distância. O nosso encontro, tempos depois, foi emocionante. Hoje nossa relação é muito mais estreita do que todos possam imaginar. Durante algum tempo, nos encontramos com bastante frequência, nos tornamos amigos de verdade. Sempre que eu ia para o Rio eu a visitava. Gosto tanto dessa menina que ficaria feliz se um dia ela fizesse definitivamente parte de minha família.

Às vezes, acho que soa até estranho falar que somos tão amigos. Nossa diferença de idade é enorme. Mas posso garantir que nutrimos uma carinhosa amizade um pelo outro. Ela é muito jovem, mais jovem do que o meu filho caçula, mas possui uma experiência incrível, um amadurecimento precoce, que espero um dia servir de base para seu próprio e verdadeiro designo.

Por alguns meses, acompanhei o relato dessa menina, quase que diariamente. E com o tempo, percebi que sua experiência era algo tão grandioso que seria possível propagar para outros jovens perdidos por infortúnios semelhantes.

A experiência de Maria, uma menina meiga, que não sabia sequer fazer uma única oração, foi, sem dúvida, mais um laboratório intenso para minha experiência de vida e, isso tudo, sendo colocado no papel, aos meus olhos, inspirará, tenho certeza, muita gente a contornar a sua própria trajetória a procura de uma vida mais digna e feliz.

O que vocês acompanharão agora é a imagem de uma existência dura, vivida por uma pessoa tão jovem que, na época, atravessava uma tênue linha que separava, de forma imperceptível, a sua essência criança de seu âmago mulher. Uma realidade difícil de ser encarada, mas, ao mesmo tempo, tão presente no cotidiano de tantas pessoas que, por um motivo ou outro, a esconde sob os lençóis da ignorância ou pela própria passividade da condição de ser humano.

Maria, a história de uma menina, que para contornar as vicissitudes de sua própria existência, teve de aprender a falar com Deus e a acreditar que tudo é possível quando se acredita, hoje é um grande exemplo a ser seguido por muitos.

Isso, leitor, você verá.

... Antes

Eu olho para os meus pés e vejo os mesmos pés encardidos, compridos e disformes de sempre: espelho de minha triste infância. Eu não consigo ver outros, só aqueles de antes, feios, magros e pobres. Os mesmos, sempre os mesmos que eu passava horas observando através de meus joelhos escuros e ossudos que, em sinal de revolta, apertavam a minha cabeça quase oca, tentando sufocar o meu sofrimento, tão precocemente maduro. Quando aquilo acontecia, meu peito pulava, meu nariz escorria e os meus pensamentos confusos, como uma pipa em queda, giravam, giravam. Por muito tempo, meus olhos inocentes permaneciam hipnotizados olhando para baixo apenas a observar as lágrimas rolarem sobre eles. Aquelas gotas quentes caíam em avalanches desenfreadas, formando um rastro que rasgava a cor avermelhada do encardido que já fazia parte deles.

Eu chorava porque não gostava daquele homem. Ele era mau, não tinha o menor pudor, e adorava demonstrar aquilo o tempo todo. As suas taras, os seus desejos animalescos eram evidentes. Se ele estivesse em casa – e quase sempre estava – não era difícil vê-lo observando-me por entre as malditas frestas nas madeiras mal pregadas do nosso barraco. O seu olhar languescido e asqueroso causava-me mais náuseas do que medo. Não que o medo fosse pequeno – e acredite, nunca foi. O fato é que o nojo era enorme, algo que suplantava o meu próprio ser. Mas uma coisa eu não posso negar, cada vez que ele ofegava feito um cão cansado, esfregando nas paredes o seu membro rijo e volumoso, quase a pular a braguilha, fazendo o barraco inteiro tremer, eu ficava apavorada. Naqueles momentos eu queria fugir, correr, pedir socorro, mas não tinha como. Era nesse momento que os meus joelhos ossudos entravam em cena e tentavam esmagar a minha cabeça de uma vez por todas.

Ser carente nunca foi um problema em minha vida – e todos sabem bem disso. Nunca reclamei por não ter tido o que comer e nem como dormir direito naquele lugar asqueroso. Aliás, o próprio barraco nunca me incomodou tanto. O calor insuportável, o frio de cortar até pensamento, o cheiro de lixo misturado a esgoto, sensações que sinto até hoje durante os meus sonhos, nada daquilo me incomodava demais. Eu já estava tão acostumada à miséria que quase nada me chocava ou me jogava no chão. Os ratos e as baratas eram nojentos e, às vezes, durante a noite passeavam por cima de meu corpo enquanto eu dormia, mas aquilo também não me importava tanto. Eles eram sujos, insalubres e repugnantes, mas não eram obscenos. Aquele olhar torturador e abjeto, aquelas mãos brutas e ásperas, aquele hálito podre e inebriante, aquele volume constante que enchia a calça *jeans* agarrada e suja que o maldito usava... meu Deus, aquilo sim me tirava a vontade de tudo!

Durante sete ou oito anos, ela nem percebeu ou não quis perceber. Difícil acreditar nisso, mas qualquer um, até o vizinho do barraco ao lado, tenho certeza, ouvia as constantes investidas daquele animal para cima de mim. Por isso, não consigo acreditar, não podia ser possível que o sono dela fosse tão pesado.

Doía também quando ela, aos berros, dizia que eu parecia um projeto de puta. Aqueles gritos, que tilintavam em meus ouvidos, ecoam até hoje em meus pesadelos. Ainda agora, que estou um pouco mais madura, pergunto-me como uma criança com menos de oito anos poderia ser projeto de alguma coisa. Com aquela idade eu não tinha ideia sequer do que era um projeto e, muito menos, um projeto de puta. Mas pela entonação dos gritos dela, eu sabia que não era uma coisa boa, principalmente porque ela só me chamava daquilo quando estava nervosa com o maldito. Naquelas horas eu ficava ainda mais confusa, pois se era ele quem aprontava, porque o tal projeto sobrava para mim?

E assim vivemos os três, anos e anos, envolvidos na miséria, na mentira, na farsa e no medo. Tempos depois, quando eu já tinha ideia do que era um projeto e também uma puta, passei a ser alvo direto dela. Por ciúmes do malandro, aos doze, ela me deu mais dois anos para cair fora do barraco, de sua vida e do caminho de seu homem. E aquilo, confesso, foi uma grande pena, pois se ela tivesse me dado prazo menor, aos quatorze, eu não estaria grávida daquele cafajeste.

Estou embargada, por isso se você me permite, vou parar por aqui. Apesar do tempo, essas lembranças ainda me corroem por dentro. A cicatriz do meu peito está fechada, mas a vermelhidão que a colore, deixa claro que nem tudo está totalmente curado.

X

Depois...

Quando resolvi contar a minha história, não tive a intenção de dividir ou transferir minhas angústias para você. Apenas queria demonstrar e também ter certeza de que somos fortes e capazes de enfrentar as fúrias da vida. Pelo menos, acho que estou sendo. Estou descobrindo com o passar do tempo que o sofrimento por si só é incapaz de nos derrubar totalmente, em especial quando lutamos para isso. Depois de tantas coisas difíceis pelas quais passei, ainda me sinto forte para lutar.

Os meus quase dezessete anos parecem pouco para a pretensão de mostrar algo a alguém, eu imagino. Mas não duvide, a minha pouca idade vem sendo suficientemente importante para provar, pelo menos para mim, que o tempo e o futuro não passam de sedimentação de incógnitas e de surpresas. Em alguns momentos, incógnitas e surpresas relativamente boas, e em outros, nem tanto. Mas o que se pode extrair disso tudo é que o mundo nos ensina o tempo todo e o futuro nos surpreende sempre.

Aliás, é bom lembrar que nem você e nem eu sabemos nada sobre o dia de amanhã, e isso é fático. Mas uma coisa eu posso garantir, ninguém sabe disso melhor do que eu. Sabe por quê? Porque lá atrás, ou melhor, há poucos meses, eu nem sonhava com essa realidade que estou vivendo hoje. Por isso, a única coisa que sei, e isso que quero te contar, é que a vida da gente pode mudar de uma hora para outra. E no meu caso, você verá e talvez até se surpreenda ao saber o que o tempo, o futuro, seja lá que nome isso tenha, fez comigo.

Essa reviravolta em minha vida vai lhe parecer uma doidice tão grande, que às vezes até mesmo eu tenho dificuldade de acreditar que a Maria, protagonista disso tudo, seja eu. Só Deus sabe o quanto ainda me custa acostumar com tantas mudanças.

Há pouquíssimo tempo, eu estava naquele mundo aparentemente feio, escuro e malcheiroso. Agora, não sei nem como nem porque eu estou aqui, no alto deste imponente edifício.

Esta varanda é tão grande que caberia nem sei quantas famílias da minha comunidade. Aqui, do meu lado direito, tem uma sineta de prata, que até poucos dias eu nem sabia a sua utilidade. Mas hoje eu sei. Ensinaram-me, que se eu a tocar, aparecerá, bem a minha frente, como num passe de mágica, um mordomo atencioso e bem vestido, querendo saber se eu preciso de alguma coisa. Fique tranquilo, não irei tocá-lo e, se por ventura, assim mesmo ele aparecer por aqui, não pedirei água, revista ou o que quer que seja.

O que eu quero mesmo, nestes próximos minutos, é apenas permanecer aqui onde estou para divagar e me abrir com você. Parece estranho, mas de alguma forma estou gostando de olhar o mundo daqui de cima. O vidro que protege este lugar está tão translúcido, que as únicas marcas que aparecem nele são as duas nuvenzinhas brancas e quentes que saem de minhas narinas sempre tão ofegantes. A translucidez dele mostra não haver nem um obstáculo entre mim e mar. O céu está infinitamente limpo, mas o meu coração ainda não. Daqui do alto, além da imensidão azul da água que, no horizonte, se confunde com a imensidão azul do céu, eu vejo também, como num inexplicável contraste da vida, a minha comunidade. Daqui de cima, comparando-a com as duas imensidões azuis, ela parece tão distante e tão miúda. De fato, daqui onde estou, a favela se mostra muito menor do que realmente é. E, se você se lembra, foi lá que tudo começou.

Foi naquele lugar sem forma, sem gosto e sem graça, exatamente lá, que daqui de cima mais parece uma pintura mal-acabada de um pintor desprovido de qualquer talento, que passei quatorze anos de minha vida. Foi naquele lugar, que pude experimentar quase todos os sentimentos que o mundo pode reservar para uma pessoa sem sorte, pobre e desamparada, como eu. Fui muito infeliz ali, e acho que isso você já percebeu. Mas a verdade seja dita, foi lá também que pude assistir a muitos outros filmes. Alguns com enredos iguais ao meu, outros parecidos e outros infinitamente diferentes. E isso tudo ainda me confunde bastante. Aliás, não me sinto capaz de avaliar se foi o lugar ou se foram as pessoas que me fizeram tão mal.

Lá, para mim, foi tudo muito difícil. Mas ao contrário do que todo mundo imagina, naquele lugar não existe apenas histórias tristes e infelizes como a minha. Existe vida e felicidade também, numa escala muito menor, é bem verdade, mas existe.

É difícil, mas mesmo no meio de tanta miséria, falta de dinheiro, falta de respeito e compaixão, existem pessoas que conseguem, mesmo num contexto quase desumano, experimentar e transmitir coisas boas.

Espero que você tenha tempo e paciência para ouvir a minha história, e espero também que ela possa servir de alguma maneira para você acreditar que algo maior espera por nós.

… Antes

Desde sempre, a minha cor e o meu cabelo me fizeram diferente da maioria das pessoas que viviam a nossa volta. Aos seis ou sete anos, lembro-me como se fosse hoje, de uma coleguinha negra que se mudou com a família para o barraco quase em frente ao nosso. Ela era tão negra que lembrava o fundo da panela que cozinhava o feijão ralo e sem gosto que minha ma…, ou melhor, que ela fazia. Desculpe-me, mas não consigo pronunciar o nome daquela mulher e nem daquelas pessoas que me fizeram sofrer tanto. Bem, mas o que interessa é que a pretinha tinha um cabelo duro e difícil, como eles diziam por lá. Mas aqueles cabelos duros eram tão arrumados, que durante muito tempo eu sonhei tê-los para mim.

Além dos cabelos rebeldes, mas bem tratados, a menina tinha duas covinhas de dar inveja. Aqueles furinhos enfeitavam e iluminavam o seu rosto escuro, dando-lhe um ar meigo e angelical. Confesso que durante anos, eu pensei que aqueles dois buraquinhos tinham se formado por causa da felicidade que ela sentia. Ela era tão sorridente e, para mim, estava claro que ela sorria porque tinha uma família feliz. Eles eram tão pobres quanto às demais pessoas que moravam ali, inclusive eu e minha família, mas eram, aos meus olhos, verdadeiramente felizes.

Lembro-me, como se fosse hoje, que todos os dias, mãe e filha esperavam o pai na porta do barraco. Pouco antes de escurecer, por quase uma hora, ficavam as duas sentadinhas sobre uma caixa de madeira que vinha do mercadão central. Lembro-me que nela estavam estampados desenhos de maçãs, que pareciam frutas de verdade. Bem, quando o homem aparecia na subida da escadaria, as duas sorridentes se levantavam num sobressalto. A mulher logo ajeitava o vestido e, num movimento sensual, puxava o sutiã para o alto, fazendo subir ainda mais os bustos amarronzados, bonitos e volumosos. E, naquele momento, ao ver o pai, as covinhas da menina, como num milagre, se afundavam de alegria. O abraço deles era verdadeiro, era grande e era forte. Aqueles braços longos, escuros e brilhantes de suor digno, conseguiam envolver as duas ao mesmo tempo. Naqueles momentos, o meu queixo pesava e minha boca ficava aberta de tanta admiração. A cena que se repetia diariamente me enchia de encantamento e emoção. Durante anos, quase todas as tardes, sempre um pouco antes de escurecer, eu ficava espiando a felicidade dos três. Os meus olhos, diante daquela rotina feliz, se perdiam por entre as frestas largas na madeira podre que servia de parede entre a cozinha do nosso barraco e o mundo lá fora.

Disso também jamais vou me esquecer: a mãe da pretinha, apesar de alta e robusta e, embora sem as covinhas da felicidade, também parecia um anjo de delicadeza. Falava baixo, era educada, como ninguém que eu conhecia por ali.

Mas um dia, eu pude ver essa delicadeza cair por terra. Pude ver e ouvir o quanto ela era destemida e forte, e isso nunca mais sairá de minha memória. Aliás, recordo-me de tudo, como se tivesse acontecido neste exato instante. Era um dia de semana e fazia um calor descomunal naquele barraco. Estávamos em casa, só os dois: eu e o maldito. E foi naquele dia, que eu, com pouco mais de oito anos, inocente em minhas atitudes e experiente demais em meus medos, fui salva por ela.

Aquele bandido me espancava. Ele estava odioso por minha resistência às suas torturas e aos seus desejos libidinosos. De fato, eu não suportei quando ele, cheirando minha calcinha, abriu violentamente as minhas frágeis pernas e, feito um animal no cio, enfiou os seus dedos grossos e compridos dentro de mim. Os meus gritos de horror fizeram com que a mãe da pretinha das lindas covinhas esmurrasse a porta de nosso barraco feito uma louca. Numa postura firme como uma leoa em fúria, ela o enfrentou. Descontrolada, encarou-o de igual para igual, dizendo que se continuasse com aquela atitude reprovável, que ela não viu, mas imaginou, não hesitaria em chamar a polícia. O covarde, como não poderia ser diferente, se acovardou. A mãe da pretinha me salvou daquela tragédia, mas, infelizmente, não pôde me salvar das outras. Daquele dia em diante, fui impedida de gritar e, por isso, as surras que eu levava e os abusos que eu sofria passaram a ser sufocados pelo travesseiro encardido e malcheiroso e pelo medo que eu tinha de agir.

Desculpe-me, uma vez mais, porém, isso ainda me sensibiliza. Meu coração doe e as minhas lágrimas ficam teimosas. Impossível segurá-las.

Preciso também parar por aqui, porque agora mesmo o motorista vem nos buscar. Hoje é dia de mais uma audiência. Sabe, eu já não sinto tanto medo da Justiça. O juiz que está cuidando do meu caso tem um semblante de bom homem, de bom pai. Isso me deixa um pouco mais segura. Ele quer nos ouvir hoje novamente. Quer ter certeza de tudo, antes de decidir, disse o nosso advogado.

X

Depois...

Preciso confessar que ainda é bem difícil encará-la. Eu até que tento, mas ainda não consigo olhá-la de frente, ao contrário do juiz que ontem, na audiência, parecia consumi-la com os olhos. Fiquei lá o tempo todo, encolhidinha em minha cadeira, na presença de tantas pessoas importantes, tentando adivinhar o que se passava na cabeça daquele juiz tão forte e poderoso. Será que no fundo ele a condena pelas atitudes do passado? Será que isso tudo influenciará a cabeça dele? Essas perguntas martelam o tempo todo em minha mente e me deixam bastante confusa. No fundo, eu tenho medo que a condenação dela seja a minha também. Mas Deus sabe que não tive escolha para agir assim. Agora, ela, sinceramente, eu não sei.

No café, em frente ao fórum, onde nos reunimos depois da audiência, os advogados disseram que tudo transcorreu bem. Durante a conversa só eles falavam. Ela, linda e perfumada, como sempre, ainda tensa pelas circunstâncias, apenas prestava atenção ao que eles diziam, assim como eu. Eles acharam que o juiz entendeu tudo e, com certeza, dará uma sentença justa. Acho que isso será bem difícil, pensei em silêncio, pois se nem eu, que vivi todas essas desgraças, consigo entendê-las, não sei como aquele juiz conseguirá. Bem, o que sei, neste momento, é que tudo ainda continua bagunçado em minha cabeça. Mas só de não perder a minha filha, já me sinto bem mais aliviada.

X

... Antes

Faltava menos de um mês para meu aniversário, assim como faltava um mês para a minha expulsão do barraco. Lembra? O combinado, ou melhor, o exigido por ela era que eu deixasse aquele lugar quando completasse quatorze anos. Naqueles dias, eu andava cabisbaixa e apreensiva, pois se aproximava o momento em que eu teria de andar com as minhas próprias pernas. E eu nem imaginava como isso seria. A minha saída de casa era fato, era um caminho sem retorno, ela não voltaria em sua decisão por nada. Apesar de tudo, ela era uma mulher de palavra. Talvez não me jogasse porta a fora no dia de meu aniversário, mas no primeiro deslize, eu não tinha dúvida.

Menos de duas semanas para meu aniversário, como rotineiramente fazia, preparei o jantar: arroz branco, feijão preto e rodelas de tomates vermelhos, como os meus olhos, chorosos pelo abuso horroroso daquela tarde e pelo futuro incerto que me esperava. Fui dormir sentindo-me normal – normal para quem já estava acostumada a viver naquela desgraça toda. Na minha cabeça, nada justificava eu amanhecer vomitando feito uma louca.

X

Eu não podia me lembrar do feijão do dia anterior, não podia sentir o cheiro da pasta de dente e nem mesmo da água que enxaguava minha boca. Até mesmo o esgoto, que corria a céu aberto no pé de nosso barraco, apesar no nojo que eu sentia, atraía-me ao seu encontro para vomitar nele.

Menos de uma semana se passou, e quem me alertou foi o próprio desgraçado. Ele estava deitado naquele colchão nojento, amarfanhado e melado da podridão libidinosa que saía em jatos de seu pênis. Ao me ver pálida, voltando do esgoto pela terceira vez, abriu um sorriso sarcástico e, com a voz roca da bebida e do cigarro que a corroía, disse que eu estava embuchada. Naquele instante, quase morri. Perdi o chão, era como se tivesse aberto uma cratera bem em baixo de meus pés. Minhas vistas escureceram, parecia que a minha cabeça, por alguns minutos, abandonou o meu corpo. Com a mente confusa, eu pensava que se aquilo fosse mesmo verdade, não teria nenhuma dúvida de que o tal Deus, que todo mundo falava, havia desistido de mim. Gravidez era a última coisa que poderia me acontecer naquele momento. E pior, se eu estivesse mesmo embuchada, como ele disse, só podia ser dele mesmo, o marido vagabundo de minha ma...

Cafajeste, desumano e mentiroso. Dias depois, na véspera de meu aniversário, ele a chamou e disse, na minha cara, que eu não valia nada, e que isso toda comunidade sabia. Disse que eu andava com todos os meninos do morro e que àquela altura eu já devia estar grávida de algum bandidinho. Ela não desconfiava nem de uma coisa e nem de outra, pois sempre ocupada, mal ficava em casa, passava o dia inteiro faxinando as casas das madames do Leblon. Mas não precisou muito, as palavras daquele animal foram decisivas. Sem nenhuma palavra, sem nenhuma chance de explicação, na mesma hora, como uma cadela sarnenta, fui jogada barraco a fora.

Passei aquela noite na casa da pretinha das covinhas da felicidade, que me deu abrigo por algumas horas. Eu nem comentei nada sobre as minhas desgraças, e acho que nem precisava, pois todas elas estavam estampadas em minha testa. Também não quis abusar da boa vontade daquela gente de bem, mesmo porque, eu não podia e nem queria ficar por perto. Eu tinha mesmo que cair no mundo para viver ou morrer, se fosse o caso. Não preguei os olhos um minuto sequer naquela noite. Logo quando clareou um tiquinho, acho que eram cinco e pouco da manhã, sem avisar e nem agradecer a família da menina, caí no mundo. Com a barriga vazia de comida e cheia de uma criança que eu não queria, perambulei por horas pelas ruas do Rio de Janeiro, sem saber que rumo dar à minha história. Foi triste e humilhante. Passei o meu aniversário na rua, sem roupa, sem comida, sem dinheiro e sem nem um fio de esperança.

Sempre fui muito pobre, mas nunca havia dormido ao relento. Mesmo sem saber o que me aguardava pela frente, aos soluços, abrigada em baixo de uma marquise no centro da cidade, na companhia de pessoas acostumadas àquelas desgraças todas, eu jurei que aquele presente eu iria definitivamente esquecer. No dia seguinte, sem saber o que fazer, a única certeza que eu tinha, era que nunca mais dormiria na rua. Passar a noite ao relento e com fome só não foi pior que as noites que eu acordava com um pênis rasgando até a minha alma.

X

De chinelo surrado, roupa puída e cabelo bom e maltratado, entrei em pelo menos dez prédios para buscar algum trabalho. Infelizmente, mais da metade dos porteiros, sem qualquer compaixão, me enxotava porta a fora. Outros se davam o trabalho de me dar um não com um sisudo balançar de cabeça. Um, entretanto, o último, me tratou com dignidade. Ofereceu-me um copo de água e, olhando em meus olhos, disse-me que não tinha nenhuma vaga de doméstica no prédio. Acho que o olhar de dó daquele homem me deixou mais sensível. Chorei. Mas foram as minhas lágrimas que me salvaram. Ganhei a metade de um pão com manteiga que ele havia levado para o lanche e a oportunidade de trabalhar em algo que eu jamais imaginei. Ao atravessar a faixa de pedestres, que ligava a imensa calçada do Hotel Copacabana à orla da praia, ele apontou-me um quiosque de uma amiga dele. Aquela mulher madura, sorridente, olhar penetrante, não hesitou em oferecer-me um emprego, um lugar para dormir por algumas noites e uma presilha para prender os meus cabelos ruivos e compridos.

Depois de uma semana, dormindo de favor dentro do próprio quiosque, sem que ninguém soubesse – porque a vigilância sanitária não podia nem sonhar com aquilo – procurei um abrigo para mães solteiras. Para minha patroa, eu não menti, mas omiti sobre a gravidez. Eu estava apavorada com medo de ser expulsa de lá também.

No lar para gestantes, recebi algumas mudas de roupas, café da manhã, jantar e uma cama decente para dormir. Aquilo era muito mais do que eu precisava. Tinha um emprego que me tomava o dia inteiro e me trazia algum dinheiro no final do mês, pessoas felizes que passeavam na orla da praia e me tratavam com dignidade, comida, cama quente, e tudo sem que ninguém abusasse do meu corpo ou dos meus sentimentos.

Um mês e pouco mais tarde, arranjei coragem e contei a verdade para minha patroa. Tomei um baita susto quando a mulher me abraçou de alegria. Por aquilo, eu juro, não esperava. Fiquei emocionada com a atitude dela, mas não pude compartilhar da mesma alegria, porque aquele filho não era nada querido. Quando eu disse que estava morando no lar para mães solteiras e que lá já tinham me encaminhado para falar com o promotor de justiça, para que ele convencesse o juiz a me dar uma autorização para o aborto, ela ficou transtornada.

Contei tudo pela metade, da mesma forma que pensei em fazer na frente do promotor. Disse que aquele filho era fruto de um estupro, mas não tive coragem de dizer quem tinha sido o causador. No fundo, eu tinha receio de que a verdade pudesse fazer a minha ma..., ou melhor, aquela mulher sofrer.

Durante quase três meses, fui pelo menos uma vez por semana falar com o pessoal do fórum. Ora com promotor, ora com a psicóloga, ora com a assistente social. Apenas uma vez, falei com o juiz, o homem mais sério que já havia visto em toda minha vida.

Se eu tivesse contado toda a verdade ao promotor, talvez minha ma... ou seja, aquela mulher sofresse, mas a minha omissão fez com que todo sofrimento recaísse apenas sobre a minha cabeça. Depois de tanto vai e vem, recebi um papel assinado por aquele bendito e sisudo juiz. A resposta que tive, depois de tanto trabalho, foi um enorme não.

Não havia ficado provado que o filho que eu esperava era fruto de um crime. Então, aos quatorze anos, o sistema me obrigou a tê-lo de qualquer jeito.

Meses depois, sem opção, assinei um documento, lá no lar, autorizando a entrega da criança, tão logo ela nascesse. Eles chamavam aquilo de autorização prévia de entrega de recém-nascido para adoção. Eu estava acuada, não tinha mais nada a fazer. Aquela foi a única saída que encontrei.

Minha patroa, radiante com a sentença que não permitiu o aborto, ficou entristecida com a outra forma que arranjei para dar cabo ao meu problema. A indignação dela era porque também havia tido um filho, solteira e sozinha. Por alguns instantes, a mulher titubeou. Dava para ver nos olhos dela que a sua vontade era de ficar com a criança. Mas eu sabia do sacrifício que ela havia feito para criar o seu único filho, hoje um homem adulto. Aquele jeito que arrumei, então, foi o único possível para que eu pudesse dar um fim definitivo às minhas aflições.

Os meses se passaram e, na tentativa de me convencer a mudar de ideia, ela me presenteava. As roupinhas miúdas, os sapatinhos que mal cabiam dois dos meus dedos, me angustiavam. Com o tempo os meus sonhos tornaram-se perturbadores. A mesma voz de uma criança no fundo de um poço, gritando – mamãe, socorro! –, enlouquecia a minha alma. Eu não tinha paz. Nunca havia pensado em Deus, não sabia sequer fazer uma prece, mas mesmo assim, passei a frequentar o oratório da instituição. Lá eu podia pedir em silêncio para aquele tal Deus, que talvez um dia alguém pudesse me ajudar a conhecer, a não mais sonhar com aqueles gritos.

Semanas depois, minha barriga já tinha outra forma. Com frequência, eu sentia uns esticões, um pé que empurrava as minhas costelas, querendo atravessar a minha pele, me tirando até mesmo o ar. De forma instintiva, naqueles momentos, passei a acariciar aqueles pezinhos que, delicadamente, em sinal de obediência, voltavam para o seu lugar, devolvendo-me a respiração.

Nos últimos dois meses de gravidez, os meus pesadelos se transformaram em sonhos. Passava noites e noites brincando com muitas crianças num lindo jardim florido. As cenas eram acalentadoras e quase reais; eu não queria acordar.

Todas as manhãs eu contava para minha patroa sobre os sonhos, e ela, passando a mão com carinho sobre minha barriga, pedia-me para ficar atenta aos sinais. Eu não tinha maturidade para aquilo e nem conseguia juntar uma coisa com outra. Mas a insistência dela era tão grande que me deixava bastante intrigada. Eu não fazia a menor ideia que sinal, depois de tantas desgraças, a vida poderia me dar.

Os dias se passavam e nos finais das tardes ensolaradas do verão carioca, depois que eu deixava o batente, pegava uma cadeira emprestada em meu quiosque, levava-a até o finzinho da areia e, com delicadeza, a estendia pertinho da água. Ali eu ficava muito tempo observando o azul do mar se misturando ao azul do céu, num horizonte inexplicavelmente maravilhoso. Eu gostava de sentir as ondas mornas acariciarem os meus pés inchados, e o vento fresco soprar com suavidade em meu rosto então arredondado.

Naqueles momentos, eu sentia uma paz interior tão grande, como se tudo estivesse plenamente resolvido. Quando eu devolvia a cadeira no lugar, a realidade caía como um raio sobre a minha face, fazendo-me pensar que a solução que eu havia encontrado não me salvaria por completo do sofrimento que desde sempre me assolava.

Faltando três semanas para o parto, quase desisti de entregar aquele filho, que de uma forma ou de outra, estava aprendendo a gostar. Naqueles dias, eu havia conhecido no lar uma garota um pouco mais velha que eu. A menina estava na mesma situação. Ela não conhecia a minha verdade, mas sem qualquer pudor, contou-me que esperava um filho do padrasto. Aquilo me tirou o chão, pois eu pensei que ninguém mais no mundo sofresse daquele mal. Só mais tarde eu soube que muitas meninas que passavam por ali também sofriam abusos dentro da própria casa. Bem, mas aquela menina, diferente de mim, estava animada com a gravidez. Aquilo eu não entendia de maneira alguma. Ela ficaria com a criança, que em suas palavras, não tinha culpa de nada.

Aquilo para mim foi um martírio. Depois que conheci a tal garota, tive menos paz ainda. A minha consciência passou a se manifestar o tempo todo. Os sonhos me abandonaram e deram lugar novamente aos pesadelos.

Quando entrei na semana do parto, a assistente social do lar chamou-me para uma conversa reservada. Por incrível que pareça, foi naquela sala abafada, mobília velha, paredes amareladas, que o meu mundo quase ruiu de vez. O momento era de decisão. Eu precisava confirmar a minha intenção de que não queria mesmo a criança e iria entregá-la para adoção. Aquela foi a prova mais difícil que enfrentei até então em toda a minha existência. Definitivamente, eu não sabia a resposta. Eu precisava tanto, mas ainda não sabia falar com Deus, e isso me fazia sentir mais abandonada pela vida, e talvez por Ele próprio.

Fiquei ali estática, frente à frente àquela moça bem vestida, olhando-a sem vê-la. Eu tentava, mas não conseguia arrancar uma única palavra de minha própria boca. Era apenas um sim ou um não. Mas a minha voz me traía. Quase dois minutos se passaram, para mim uma eternidade, quando a moça interrompeu a minha confusão mental e disse que já sabia a minha resposta.

Num movimento seguro, com evidente satisfação, abriu a primeira gaveta da escrivaninha velha e enegrecida, tirou um carimbo enorme de dentro dela, molhou-o em uma almofada de tinta vermelha e, no centro do documento que eu havia assinado meses antes, carimbou: cancelado.

Naquele instante, como num filme, eu me vi com uma criança no colo, sem ter o que comer, perambulando a esmo pelas ruas do Rio de Janeiro. Aquilo eu não queria e, aliás, já havia prometido nunca mais passar.

Sem saber o que fazer, empurrei a cadeira para trás, abri as minhas pernas inchadas, que escondiam os ossos de meus joelhos e, como fazia desde criança, encaixei a minha enorme barriga por entre elas, abaixei a cabeça e olhando para os meus pés, agora inchados, chorei.

A assistente social, como uma mãe, que nunca tive, ajoelhou-se em minha frente, levantou a minha cabeça, passou um lenço de papel em meu rosto desfigurado de tanta dúvida e, com carinho, abraçou-me. Depois de alguns minutos, um pouco mais controlada, pude explicar a ela mais uma vez que não tinha condição para criar um filho. Ela nada podia fazer. E eu pude ver em seu semblante apagado e triste o quanto isso a deixava incomodada. Estava estampado em seus olhos, era desolador, mas infelizmente a minha história era apenas mais uma que acontecia naquele lar.

Por alguns minutos, permaneci em pé, escorada no batente da porta envelhecida da recepção, como se quisesse segurar o mundo que estava desabando sobre a minha cabeça, até que outro documento fosse novamente redigido. Pouco depois, voltei à sala, segurando a minha dor e as minhas lágrimas. Respirei fundo e tirei coragem não sei de onde para assinar mais uma vez a maldita autorização de entrega da criança.

Bem, acho que você já está cansado de me ouvir, então agora vou dar um tempinho para que você possa respirar um pouco. Além do mais, ela acabou de pedir para o mordomo me chamar. Está me esperando em seus aposentos. Você nem imagina o quanto eu fico nervosa quando isso acontece. Apesar de tudo, ainda tenho pouca intimidade com as pessoas daqui, com a casa, com a situação toda. Ainda é muito angustiante enfrentar isso sozinha. Aqui neste lugar tudo é muito imponente, tão diferente de minha realidade. Isso ainda me assusta bastante. Mas não tem jeito, preciso ir até lá e enfrentar os meus temores.

Depois...

Preciso te confessar que estou aprendendo a gostar muito de ficar aqui, sentada nesta poltrona, para conversar com você quase todos os dias. Não pela poltrona, nem pela casa, nem pelas coisas e, tampouco, pelo conforto que este ambiente me proporciona, mas pelo prazer de sua companhia. A cada conversa nossa, sinto-me mais forte, mais preparada. Acho que é você que está me ensinado a ficar mais corajosa. Ou será que é porque estou ficando mais velha? Brincadeiras à parte, a verdade é que me sinto mais segura em sua companhia. Sinto que durante as nossas conversas algumas coisas vão se encaixando e outras surgem de forma mais clara em minha mente. Não sei como te agradecer, mas está me fazendo um bem enorme.

De fato, quando comecei esses relatos, imaginei que talvez minha experiência pudesse contribuir para algum crescimento seu, mas sinto que as nossas conversas vêm sedimentando o meu crescimento. Espero que você continue comigo e encare as nossas conversas diárias como uma troca de aprendizado.

X

...Antes

Bem, a criança nasceu num hospital público, daqueles horrorosos e abandonados pelo tal Deus e pelos homens. O lugar mais parecia o pior pedaço de minha comunidade. Eu me sentia enfraquecida, quase não tinha cor. Não que eu pudesse ver a minha imagem refletida num espelho, porque espelho era a última coisa que poderia ter naquele lugar alarmante. Mas eu sabia disso, porque as outras gestantes, que estavam comigo na ala da enfermaria, vivenciando a mesma situação de miséria e de sofrimento, me diziam que eu parecia mais morta do que viva.

No outro dia, minha patroa levou-me flores para tentar amenizar toda aquela desgraça. As coitadinhas, dentro de uma garrafa plástica, sem água, não duraram nem dois dias. Lá, naquele lugar esquecido pelo mundo, onde as macas espalhadas pelos corredores e pessoas gemendo de dor eram os únicos adornos do espaço, passei mais de uma semana. A menina nasceu miúda demais, muito abaixo do peso, mas mesmo assim fez um estrago enorme em meu corpo. Perdi muito sangue durante a cirurgia que demorou tempo demais.

Fiquei sabendo depois, mas isso só ocorreu porque o médico e as enfermeiras deixaram-me de lado, por mais de hora, porque precisaram salvar outra mulher que estava morrendo no parto. O doutor não conseguiu salvar a vida daquela moça e nem da criança, mas em compensação proporcionou-me uma profunda anemia. Em razão disso, fiquei dias e dias fraca de corpo e de alma, prostrada sobre um leito sujo daquele hospital público.

A criança, ou melhor, minha filha nasceu. Infelizmente, veio com um problema de saúde, que os médicos chamaram de disfunção renal. Minha patroa, um pouco mais esclarecida, disse que era um problema no rim. A minha ignorância não me deixava ter noção da extensão do problema. Durante aquela semana, fiquei internada e a menina também. O meu maior sofrimento iniciou logo nas primeiras horas. Eu não queria, mas fui obrigada a amamentá-la todos os dias. Eu não queria, porque tinha medo de me apegar a ela. As enfermeiras carrancudas diziam que se era para ser daquele jeito, melhor ter abortado. Eu tentei, e quanto tentei! Eu pensava. Fraca, eu não conseguia responder à altura. Queria gritar diante de tanta maldade, mas não conseguia e isso me rasgava o peito de dor. Ao mesmo tempo eu entendia a revolta das moças que não compreendiam como uma mãe podia desprezar tanto a própria filha.

Durante os sete ou oito dias que fiquei no hospital, fui obrigada a amamentar a criança regularmente de três em três horas. Isso era a única coisa que funcionava naquele lugar. Mas em nenhuma das vezes, ainda que insultada, tive coragem de olhar nos olhos da menina. Fui patife, fui covarde, hoje eu sei disso.

X

Aquela tortura parecia não acabar nunca. Mas como nada é para sempre, como dizia minha patroa, finalmente o dia do fim chegou. Na manhã em que nós duas teríamos alta, recebi a visita de outra assistente social que a levaria para um abrigo de menores da prefeitura até que a adoção fosse oficializada. A enfermeira plantonista, que estava em meu quarto, pediu para que a moça aguardasse na recepção até que a menina terminasse a última mamada. As dores que senti durante aqueles anos todos, pelos abusos, pelo abandono, pela expulsão, não se comparavam àqueles últimos momentos. Parecia que alguma força esmagava o meu coração. Era como se eu tivesse autorizado que alguém arrancasse os meus dois braços, e a hora daquilo se concretizar estava chegando.

Os derradeiros minutos foram terríveis, não me lembro de ter sofrido tanto em toda minha vida. A menina sugava o meu peito como nunca. Parecia que ela queria arrancar um pedaço de mim para levar consigo. Minhas mamas entumecidas e estufadas de leite estavam com os bicos rachados e, por muito pouco, aquilo não aconteceu. Eu chorei de tanta dor. Mas a dor externa do peito pouco me importava, o pior era a dor aguda que o destroçava por dentro.

Não demorou muito até que de repente, como um trovão, a enfermeira carrancuda e insensível entrou no quarto e, com um ar sarcástico, disse que em alguns minutos me livraria para sempre daquele problema. A criança ainda sugando o meu peito, ao ouvir a sua voz áspera, cravou as unhas afiadas em um dos meus seios, como se quisesse grudar nele de novo e para sempre. Sem piedade, a moça arrancou-a de meus braços, fazendo com que um risco tênue de sangue ficasse em minha pele e sob as minúsculas unhas da menina. Eu queria falar com Deus, eu precisava falar com Deus, para que o céu impedisse que aquela desgraça que estava preste a acontecer se concretizasse. Mas eu não sabia. Então, eu gritei e implorei para que a enfermeira a deixasse mais alguns instantes comigo, mas ela não me ouviu e, como eu não rezei, Deus também não. Então, como num castigo das trevas, minha filha se foi sem que eu pudesse saber sequer a cor de seus olhos.

Em poucos dias, ainda mais derrotada que nunca, passei a morar no quartinho dos fundos da casa de minha patroa. Não era favor, dizia ela, fazia parte de meu salário, que ela aumentou por piedade. Lá, me faziam companhia a dor e o arrependimento. Eu sentia o meu ventre vazio e o meu coração também. O sono me consumia. Eu não tinha força para sair da cama, para tomar banho, para comer, para falar, nem mesmo para olhar para o sol. Dias depois, eu não tinha vontade, eu não queria, mas não podia fugir do trabalho. Para o quiosque eu ia. Arrastada, mas eu ia. Afinal, eu tinha de fazer jus à bondade e à compaixão de minha patroa.

Fui definhando a olhos nus. Queria voltar no tempo. Sentia-me injusta e oca por dentro. Os fregueses antigos me torturavam ao perguntar da criança. Eu também queria saber dela. Onde andava minha filha? Eu pensava.

Menos de cinco semanas após o parto, com o peito estourando de tanto leite, voltei ao abrigo para gestantes para suplicar ajuda. Ninguém sabia de nada, ninguém viu nada, ninguém podia falar nada.

X

Descobri, dias mais tarde, com o auxílio de um colega garçom, que entendia um pouco de internet, o endereço de todos os abrigos de menores da cidade do Rio de Janeiro: nenhuma notícia. Fui ao fórum falar com o juiz, ele não quis me receber. O promotor, quase me enxotou de lá quando se lembrou do pedido de aborto. Rude, ele disse que o melhor que eu tinha a fazer era tomar uma boa dose de juízo. Fiquei arrasada.

Minha consciência era o meu maior juiz; ela sem compaixão me julgava o tempo todo. Logo eu, que tinha tanta mágoa daquela mulher, por ter me jogado porta a fora, acabei fazendo o mesmo com a minha filha. O mesmo não, eu fiz muito pior. A minha atitude foi mais covarde ainda. Aos quatorze anos eu sabia me virar de alguma forma, mas minha filha tão pequena, não. O que eu fiz da minha vida? Implorava por uma resposta que não vinha.

Sei que você deve estar me julgando também, mas não se culpe por isso. Eu, mais que ninguém, tenho certeza da gravidade de tudo o que fiz. Foi monstruoso, foi imperdoável. Minha consciência também me condena.

Bem, o tempo passava lá fora, mas dentro de mim as horas, os dias, as semanas, pareciam uma eternidade sem fim. Passei dias e dias concentrada em meu arrependimento, em minha atitude irredimível. Eu queria sentir dó de mim mesma, mas na verdade, eu apenas conseguia sentir ódio de tudo o que fiz. Não tinha descanso, não tinha paz, era um remorso sem igual. A minha atitude foi vergonhosa, inescusável e disso eu não tinha qualquer dúvida. Minha patroa, que havia me pedido tanto para repensar na adoção, nas consequências de meus atos, não merecia agora escutar as minhas lamúrias. O jeito, então, foi sofrer cada vez mais em silêncio. Só mais tarde, entendi que aquilo tudo fazia parte do meu verdadeiro castigo. Eu precisava superar e seguir em busca do perdão da vida, mas eu não sabia por onde começar.

Três meses se arrastaram debaixo dos meus pés. Eu ainda não sabia falar com Deus, queria, mas não conseguia. Antes eu queria conhecer um pouco da felicidade, parecia que era o que me faltava para chegar até Ele. Mas como nunca consegui enxergar, nem um fio sequer dela, eu não me aproximava, apenas fugia. Pensava nas vezes em que fui ao oratório, e tudo parecia em vão. Eu queria, mas não sabia por onde começar. Enquanto isso, a minha dor aumentava e o meu peso despencava. Meu corpo, sem qualquer esforço para carregar os quarenta quilos e nada, sofria para suportar o enorme peso da minha consciência. Meu aspecto era deprimente, por dentro e por fora.

O sol em Copacabana ardia em pleno início de inverno. A praia estava repleta de pessoas que aproveitavam o dia e outras que trabalhavam na montagem do grande palco. O show do fim de semana prometia. Quinta-feira, meio da tarde, os meus braços magros estavam enrijecidos de tanto abrir coco verde e limpar mesas e cadeiras. O calor me consumia, precisava de sombra. Pedi para um colega segurar o movimento por alguns minutos. Sentei-me no chão, um pouco fresco do quiosque, virei um copo de água garganta abaixo. Com uma pedra de gelo, umedeci ligeiramente os meus pulsos e minha testa. Quando me coloquei de pé de novo, para minha surpresa, dei de cara com a assistente social do lar. A moça estava debruçada sobre o balcão, me olhando, sabe-se lá há quanto tempo. Por certo, tempo suficiente para ter assistido a minha exaustão.

Fiquei tão assustada que me fugiram a voz e o pensamento. Confusa, eu não tinha sequer certeza de que era a mesma assistente social de antes. Não me lembro de nada. Não sei como ela me abordou· e nem o que falou. A única coisa que registrei foi o horário que ela disse que eu deveria comparecer na instituição no dia seguinte.

Naquela noite, eu não comi, não dormi e não consegui parar de pensar na possibilidade de ter alguma notícia de minha filha. Não tinha outro motivo para a assistente social ter me procurado, se não fosse pela menina. Na escuridão da noite que não tinha fim, eu remoía o passado como numa película em preto e branco. Aquele decisivo e triste dia não saía da minha cabeça. Aquela mesma assistente social não devia ter deixado que eu assinasse o maldito documento de novo. Ela sabia que eu estava cometendo um grande equívoco. Pena ela não ter insistido um pouco mais.

No dia seguinte, uma hora antes do combinado, eu estava lá à espera dela e de alguma notícia, que eu tinha certeza me levaria à minha filha.

Aquela manhã acordou especialmente abafada, a minha vida também. Os meus pensamentos estavam confusos tal qual a imagem destorcida do Cristo que esvanecia por entre névoa baixa que o engolia. A napa do sofá avelhantado da recepção esfarelava em minhas pernas finas e molhadas de suor. O meu cabelo grudava em volta do meu pescoço como se quisesse estrangulá-lo.

X

Impaciente, fui ao portão três ou quatro vezes. Sob aquele sol então ardente e sufocante, meus olhos sumiam no horizonte à procura da moça, mas, infelizmente, não a viam. Olhei para baixo e vi um palito jogado no chão. Suspendi os meus cabelos semiúmidos e, num coque mal feito, os prendi com aquele pedaço de madeira sujo e melado. Voltei para sala. O relógio na parede desleixada, assim como o resto da mobília, apenas confirmava o quanto o tempo brincava comigo. Depois de uma eternidade, a moça adentrou a sala, arqueou sutilmente as sobrancelhas num quase sorriso, demonstrando contentamento ao ver-me ali. Devagar, seguiu até o fundo do corredor, pegou um cartão branco e comprido, colocou-o dentro de um relógio de ponto, que contradizendo o meu tempo aflitivo, tão somente confirmava a sua pontualidade.

Com aparente calma, se aproximou do lugar onde eu estava e, com doçura, pegou em minha mão magra e umedecida de aflição, conduzindome à mesma sala que um dia testemunhou a maior dúvida de minha existência. Minha voz embargada não saía, mas meus pensamentos confusos gritavam. A moça, sem jeito, diante da complexidade da situação, mal conseguia iniciar a conversa. Sentada à mesma escrivaninha de antes, passou a manusear, com acanhamento, alguns papéis amarelados, tentando disfarçar o seu verdadeiro designo.

De posse de uma apostila surrada que, por um momento, fez lembrar-me dos poucos cadernos que eu tive na escola, de repente começou a lavrar um rosário de informações. Sem muita habilidade para tanto, passou a mencionar algumas leis que me deixaram ainda mais atordoada. Percebendo o meu semblante confuso e inquieto, tentou falar com um pouco mais de clareza. Mas, por mais que tentasse, ela não conseguia disfarçar o seu próprio desconforto. Pausadamente, falou-me, em outras palavras, sobre os direitos que eu não tinha, caso pretendesse ver minha filha, então adotada por outra família.

Aquela assistente social não tinha ideia. Ver a minha filha era muito pouco; eu a queria de volta. Porém, aquele sermão desordenado foi tirando-me a pouca esperança que ainda restava em minha confusa cabeça. Mesmo assim mantive-me firme. Eu precisava saber o que estava acontecendo. Já que eu não tinha direito de sequer ver a minha filha, o direito de, pelo menos, saber o que me levava até ali, eu achava que tinha.

Em suas afáveis palavras, que no fundo não passavam de austeras advertências, ela repetiu dezenas de vezes, para que eu não me esquecesse, de que nenhum direito me assistia, mas alguns deveres sim. De forma complexa, difícil para uma pessoa com tão pouca instrução como eu, ela explicou o significado de dever moral. E segundo sua explicação, esse tal dever eu tinha. Naquela altura, não me preocupavam os deveres, o que me angustiava mesmo era o motivo pelo qual eu estava ali.

Uma eternidade se passou até que ela arranjasse coragem para dizer-me que a doença da criança, nos últimos meses, havia se agravado, e muito. Eu chorei.

As minhas mãos trêmulas e geladas, o meu peito acelerado e as minhas lágrimas ferventes, naquele instante, denunciaram a minha verdadeira intenção. Isso a deixou inquieta e nitidamente preocupada. Com cautela e endurecendo no tom de voz, mais uma vez ela me advertiu. Tudo deveria ficar do jeito que estava.

De repente, abaixando outra a voz, para que talvez as suas palavras doessem menos em meu coração, disse que adoção é irreversível. É para sempre.

Como posso ajudar? Foram as primeiras, senão as únicas palavras que minha boca balbuciou naquele dia. Eu queria a minha filha de volta, mas antes disso eu precisava ajudá-la.

Nunca imaginei que a alegria doesse. A felicidade de finalmente ter alguma notícia de minha filha não minimizou a dor que senti ao saber que ela não estava bem.

Um rim. Um rim era o que ela precisava. E, por ela, eu daria os dois.

Não sei quanto tempo se passou. Minhas vistas escureceram, e eu de cabeça baixa só conseguia ver o formato de meus pés novamente magros e disformes.

Minutos depois, encabulada com o meu estado emocional, ela ofereceu-me um copo de água. Ali, naquele ambiente hostil, eu prometi, apenas com um balançar de cabeça, que ajudaria no que fosse preciso.

Debaixo daquele sol que castigava ainda mais a minha vida, andei sei lá quantos quilômetros. Cheguei ao quiosque, pálida, enjoada, sentindo a boca seca e o suor escorrendo pelo meu corpo inteiro. Eu estava zonza, quase fora de mim. Lembro-me vagamente de uma cadeira encostando-se às minhas pernas. Só disso que me lembro. Apaguei.

X

Depois...

Daqui do alto da varanda deste luxuoso quarto, vejo uma moça no calçadão brincando com uma criança. Talvez seja a mãe, talvez a babá, não sei. Mas a cena me comove.

Bem, mas agora eu quero te contar como foi o meu dia de ontem. Acordei sem vontade de me levantar. Era o dia que eu conheceria a mãe dela. Acho estranho olhar nos olhos da pessoa que, agora sei, desencadeou tanto sofrimento em nossas vidas. Acho que tem gente que pensa que é Deus e nem se preocupa em mudar o rumo da história de outras pessoas. Não gosto de julgar ninguém, mas acho que essa senhora seja assim. Talvez por isso, essa minha resistência em conhecê-la.

Eu estava muito angustiada. Se dependesse de minha vontade, não teria sequer saído do quarto. Nenhum motivo poderia me levar àquela mulher. Mas eu fui. Por um momento, pensei nas voltas que o mundo dá, e lembrei-me que tudo pode se encaixar ou não, como dizia minha ex-patroa. Então decidi que o quebra-cabeça da minha vida deveria ser montado. Acho que o medo de um dia não ser entendida ou perdoada pela minha própria filha levou-me à sala.

Ela é uma senhora requintada, rica, exuberante. Aparentemente tem cinquenta e poucos anos, suponho. Fico pensando o que a levou a fazer tudo aquilo comigo. Talvez não tenha coração. Lágrimas, no entanto, eu vi que tem. Abraçou-me tão apertado, mas não disse uma só palavra, apenas chorou. Apesar da estranheza daquele abraço, tentou demonstrar algum sentimento. Naquele instante, senti o seu coração bater rápido. Nem sei se acreditei naquela aparente emoção.

De fato, a cena foi intrigante. Nem ela, nem a sua filha e nem mesmo eu, nos sentíamos à vontade. Existia um elo entre nós três, mas um elo sem conexão, se é que isso seja possível. Não existia assunto que pudesse reverter ou amenizar a realidade que aquelas duas mulheres, que estavam ali à minha frente, me impuseram desde sempre. Isso tudo, essa dor, essa frieza de sentimentos, eu não tenho dúvida, não passava do reflexo das inconsequentes atitudes das duas contra mim. Nessa história, eu fui a maior vítima, é bem verdade, mas agora, isso tudo está parecendo doer mais nelas do que em mim.

O motorista da família nos levou a um restaurante na Lagoa. Jamais havia pisado num lugar como aquele. Os clientes eram finos demais e, apesar de eu estar bem vestida, sentia que todos me olhavam com certa estranheza. Senti-me incomodada, como eles, talvez.

Bem, sentamos as três a uma mesa que havia sido reservada com antecedência. Não tínhamos assunto, nada em comum, só o bendito elo, sem a tal conexão. O que me restou daquele encontro foi algum aprendizado de boas maneiras. Observei a posição dos talheres, dos copos, a gentileza dos garçons se movimentando com leveza e polidez de um lado para o outro, e a elegância de mãe e filha se portando em um fino restaurante.

Eu estava ali, mas aquilo não fazia parte do meu mundo. Porém, sem ter mais o que fazer ou pensar, naquele momento, resolvi aprender alguma coisa. E aprendi. Não sei quanto tempo mais ficarei nesse mundo, que não parece ser meu, mas observar os bons modos dos abastados talvez possa evitar que um dia a minha filha tenha vergonha de mim.

À noite, outros parentes apareceram. Os empregados disseram-me que eles chegaram de surpresa. Mas eu sei, estava tudo combinado. Era na verdade um encontro programado. Sei disso, porque logo virou uma confraternização. As pessoas acham que sou tola. Mas não adianta. Apesar de eu ter pouca cultura, estou atenta. Eu sei que aquela senhora fez questão de almoçar antes comigo e com sua filha, justamente para evitar constrangimento quando as demais pessoas viessem me conhecer. Eu sei também que todos queriam mesmo ver-me de perto. Eles só me conheciam pela televisão. O desejo deles, na verdade, era ver o quanto o dinheiro é capaz de mudar a aparência de uma pessoa. Aliás, isso eles sabem melhor do que ninguém, pois são todos abastados. Bem, se era minha mudança aparente que queriam ver, conseguiram. Hoje, estou mesmo bem diferente de antes, não que isso mude a minha cabeça. Minhas roupas são de melhor qualidade, meus cabelos têm brilho e a feiura dos meus pés, agora mais bem tratados, se esconde dentro de bons sapatos.

X

Durante aquele encontro, o constrangimento continuou. Tudo era frio e visivelmente calculado. Não poderia mesmo ser uma festa, pois, se fosse, seria muito diferente das poucas que eu conheci. Fui a algumas na comunidade. No entanto as pessoas lá são acaloradas, o povo é extrovertido por natureza. Muita gente em pouco espaço, muita música com pouca comida. Aqui, com tanto espaço, as pessoas isoladas em grupos pequenos, parecem cochichar o tempo todo. Ninguém consegue disfarçar a curiosidade. Observavam-me de longe, às vezes de rabo de olho. Olhavam-me como se eu fosse um objeto diferente e rejeitado. Não tive vontade de comer e nem de beber nada. Depois de uma hora, mais ou menos, o ambiente estava insuportável. Não tive dúvida: chamei-a e disse que iria para o quarto. Ela não se incomodou. Mas toda cerimoniosa, porque ainda não se sentia à vontade com a minha presença, e nem eu com a dela, disse que eu poderia recolher-me.

Como venho fazendo todas as noites antes de dormir, desde que vim para cá, passei no quarto de minha filha, pedi licença à babá, que ainda me olhava com desconfiança, dei um beijo na testinha dela que repousava feito um anjo.

X

...Antes

Naquele dia, depois do desmaio, a minha patroa ficou muito preocupada em ver-me naquele estado deplorável. Levou-me para casa e me fez prometer que no dia seguinte contaria tudo o que estava se passando comigo.

Não queria preocupá-la, mas, por alguns instantes, pensei que falar a verdade talvez pudesse aliviar um pouco a minha angústia. Na manhã seguinte, não hesitei, falei tudo o que se passava comigo há algum tempo. Contei a ela sobre a minha ida ao lar no dia anterior, sobre os direitos que a assistente social disse que não eu tinha e sobre o rim que minha filha precisava para sobreviver.

Enquanto eu falava, as rugas que se abriam e fechavam no centro de sua testa denunciavam a enorme surpresa e indignação que ela sentia frente àquela situação embaraçosa e de difícil solução. A amargura que exalava de seus olhos amadurecidos pela idade, deixavam claro o dó que ela sentia daquela adolescente perdida que, finalmente, se derretia em palavras sufocadas há anos. Tudo o que eu havia segurado durante aquele tempo todo saiu de uma única vez. Como uma avalanche desenfreada de verdades, desabafei. Falei por horas, sem parar. Falei de tudo o que eu sempre signifiquei para vida, e de tudo o que eu sempre achei que a vida significava para mim. Naquela manhã, a minha patroa passou a conhecer-me por dentro também. Falei de minha infância, de minha pobreza, dos abusos que me impingiram, do momento em que descobri a gravidez, do abandono de minha família, da raiva e do amor que senti pela minha filha, mesmo antes dela nascer, das dúvidas quanto à adoção, do sofrimento quando a arrancaram-me dos braços, do arrependimento que me consumia e do sonho incondicional de tê-la novamente comigo.

A sua bondade já não me surpreendia mais. Ela tomou-me nos braços e apertando-me contra o seu peito, disse que qualquer que fosse a minha decisão, ela estaria sempre do meu lado. Não duvidei. Eu já a conhecia como ninguém.

Bastou que eu expressasse o desejo de doar o órgão à minha filha para que ela tomasse para si as rédeas da situação. Foi ao lar e intermediou todo o processo de autorização junto à instituição que intervinha em nome da família adotiva.

A regra era bastante clara, advertia a assistente social, aquela situação era atípica, pois, em princípio, a mãe biológica não deveria ter qualquer contato com a família adotiva e muito menos com a criança.

Assim, depois de muitas conversas e reiteradas advertências, ficou documentalmente combinado que todo o procedimento cirúrgico aconteceria em um dos melhores hospitais do Rio de Janeiro. Embora a retirada do meu órgão, bem como o transplante dele na criança acontecessem no mesmo dia e local, eu estava proibida de ter qualquer contato com minha filha. Doeu muito assinar aquilo, mas eu não tive escolha, assinei.

Durante os dias em que fiquei internada, tentei, em vão, saber algo sobre a criança. A equipe de enfermagem estava bem orientada. Nem uma palavra. Pelo esquema montado naquele lugar, a família adotiva devia ter muito poder e dinheiro. Entrei e saí do hospital sem ter a mínima notícia da menina. Nem saber o seu estado de saúde eu pude.

Depois disso tudo, eu precisava recuperar-me. Passei semanas hospedada na casa de minha patroa, que me proibiu de ficar sozinha no quartinho dos fundos. Por semanas, ela tomou conta de mim como ninguém. Sem forças para viver, eu permaneci todo tempo prostrada em cima de uma cama. Primeiro, uma terrível infecção quase me matou. Depois da infecção, uma depressão arrebatou-me. Só não morri por pura sorte. Mas sorte mesmo era ter uma patroa como a minha. Apegava-me a ela dia após dia. Às vezes, em delírios, eu a chamava de mãe. Ela não ligava, aliás, gostava. Na verdade, ela era mais do que uma mãe, era uma protetora que caiu do céu para mim. Só Deus sabe o quanto fui e ainda sou grata por tê-la colocado em minha vida.

Finalmente, recuperada da cirurgia, voltei ao trabalho. Chegava cedo para abrir o quiosque e só saia quando o último cliente ia embora. Eu precisava recompensar minha patroa pelo tempo perdido. Ela não gostava do meu comportamento, achava que eu estava me esforçando além da conta, mas mesmo assim entendia o meu empenho.

X

Dias mais tarde, inconformada por não ter a mínima notícia de minha filha, voltei ao lar. A assistente social que sempre me atendia havia acabado de entrar em período de férias. Fiquei desnorteada. Alguém precisava me dar notícias da menina. Mas nenhuma palavra foi dita.

Era meu dia de folga e, sem ter para onde ir, voltei cabisbaixa ao trabalho. A minha patroa, de longe, quando me viu, saiu correndo ao meu encontro. Com a aparência aflita, levava consigo um papel que ia abanando freneticamente a frente do rosto, como se quisesse abrandar o calor que exalava dele.

Que decepção, meu Deus! Era uma recompensa. Uma gratificação que chegava em forma de um aviso bancário. Dez mil reais não pagariam o meu rim. Aliás, dinheiro nenhum do mundo pagaria o que eu havia feito de coração. Senti-me ultrajada, ofendida e humilhada. A reação de minha patroa não podia ser diferente. Aquele dinheiro não era bem-vindo.

Durante aquela noite o aviso do banco queimou, feito brasa, em minhas mãos. Eu não tinha certeza do que queria na minha vida, mas não restava qualquer dúvida acerca do que eu não queria. E aquele maldito dinheiro não me pertencia, por isso, eu o devolveria a qualquer custo.

Na manhã seguinte, minha patroa teve a brilhante ideia de falar com o gerente do banco onde ela tinha conta. Talvez ele pudesse nos orientar como proceder à devolução da quantia.

Aquilo, segundo a orientação dele, seria mais fácil do que imaginávamos. O que eu não imaginava, de jeito nenhum, era a possibilidade de saber o nome de quem havia feito o depósito.

X

Com gentileza, ele se prontificou a nos ajudar. Entrou em contato com um ex-colega de trabalho, que havia sido contratado há pouco tempo como gerente daquele banco que emitira o aviso de crédito. Ele também não hesitou em nos auxiliar.

Mais tarde, pouco antes da agência fechar, o estorno dos dez mil reais já havia se realizado. Como num passe de mágica, estávamos de posse do comprovante de transferência daquela recompensa indigna que, por certo, quem o fez imaginou que dinheiro recompensaria o meu ato de amor e de dor. Ali, naquele pedacinho de papel, estava estampado o nome da mesma pessoa que talvez nem tenha se dado conta da enorme humilhação que me causou.

Não tive dúvida: aquele nome, que ardia em minhas mãos, era do homem que havia adotado a minha filha. Sem qualquer dificuldade, poucas horas mais tarde, encontramos o endereço dele na internet.

Uma coisa me deixava intrigada: o bairro daquele sujeito não condizia com a aparente condição de uma pessoa com posses suficientes para pagar as despesas de um hospital caríssimo, como aquele que ficamos internadas e, ainda por cima, recompensar o doador com a vultosa quantia.

Era tudo muito estranho, eu precisava conferir. Fui até lá pessoalmente. Horas depois, também sem qualquer dificuldade, descobri que o dono daquela casa modestíssima, situada num bairro humilde, trabalhava como motorista de uma família rica na zona sul. Foi simples ligar uma coisa à outra.

X

Depois...

Hoje acordei de madrugada e não consegui mais dormir. Por isso resolvi tentar falar contigo um pouco mais cedo, ainda bem que você está sempre presente. Talvez não se recorde, mas faltam poucos dias para a decisão final. Isso me deixa um tanto angustiada e, pelo jeito, as pessoas daqui também estão se sentindo assim.

Acho que ainda não comentei com você sobre os últimos acontecimentos desta casa. Lembra-se da confraternização da semana passada? Então, depois daquele dia, em que a grande matriarca "abençoou-me", todos passaram a me tratar com mais proximidade. Até os empregados e a bendita babá de minha filha já arriscam a trocar algumas palavras comigo. Aquela senhora parece ser mesmo muito poderosa. Mas juro, ainda está difícil demais, e nem sei se um dia vou conseguir perdoá-la.

A filha dela, a cada dia, demonstra gostar mais de mim embora mostre desconforto diante da minha presença. Mas sinto que ela está se empenhando bastante para se aproximar cada vez mais.

X

Ela tem olhos tão bonitos, que realçam ainda o seu rosto, disfarçando os seus trinta e poucos anos. Mas percebo uma coisa, essa beleza toda não é capaz de esconder a tristeza profunda que vive lá no fundinho deles. Quando me vejo no espelho fico perplexa de ver o quanto o nosso olhar é parecido.

Ando percebendo que temos mesmo muito em comum. Tive observando isso numa foto antiga dela que está sobre um móvel na sala de estar. Acho que ela devia ter mais ou menos a idade que tenho hoje. A semelhança é incrível.

Hoje pela manhã, o marido dela, que não foi para o trabalho, pegou-me sozinha ainda à mesa de café. Ele estava derrubado pela gripe que o apanhou de jeito. A beleza dele estava apagada pelo semblante avermelhado e inchado da coriza que lhe derretia até a alma.

Sem muita habilidade para falar com uma adolescente e, totalmente sem jeito, talvez pela própria complexidade da situação, tentou, em outras palavras, justificar o seu papel nessa história toda. Ele nem precisava se esforçar tanto, eu sei que não passou de vítima, assim como eu. E, isso para mim está muito claro, pois, pelas minhas contas, ele chegou nesta família muito tempo depois que o rumo da minha história já tinha sido decidido por sua sogra, a grande matriarca dessa família.

Nem sei como, mas naquele momento, a minha timidez, de repente, deu uma trégua. Algumas palavras saíram de minha boca. De forma pausada e articulada, consegui dizer para ele que estava tudo bem. Com sutileza, consegui falar também que não se preocupasse comigo. De jeito igualmente gentil, ele retrucou dizendo que eu estava enganada, pois ainda faltava muito até que todo o mal que me fizeram, durante uma vida inteira, fosse minimamente reparado. Engasguei com aquela honestidade toda. Eu, mais do que qualquer outra pessoa no mundo, entendia o que ele queria dizer.

Independente de culpa, ele disse que se sentia na obrigação de auxiliar em meu futuro e de minha filha, criança a quem ele já estava tão apegado. Nas palavras dele, sou muito jovem e, por isso, devo começar tudo de novo, se for preciso. Ele falava sobre cultura e educação. Enquanto ele discorria, eu pensava o quanto aquilo tudo estava tão distante de mim. Desde que saí da comunidade, nunca mais pensei em voltar aos estudos; também com tantos problemas em minha volta, não poderia ser diferente.

No final da conversa, entendi o que ele queria que eu entendesse. Voltei para o quarto e, por horas, aquela ideia não saiu de minha mente. Por mim, talvez estudo não fosse importante, mas pela minha filha, sim. Mas só de pensar em voltar à escola e enfrentar colegas, fico com um nó na garganta. Sinto-me apreensiva e trêmula só de pensar nisso. Acho-me velha demais para começar tudo de novo. Também não posso ser irredutível. Reflito sobre essa questão, às vezes. Mas não posso e nem quero pensar nisso agora, pois têm coisas mais importantes a serem resolvidas. Devo dar tempo ao tempo.

... Antes

Saber o nome e o endereço dos patrões daquele motorista foi tarefa mais difícil do que eu imaginava. Essas informações nenhum vizinho quis me fornecer. Fui ficando inquieta. Com muita dificuldade, soube apenas o horário que aquele homem saía de casa para o trabalho. Na minha folga, fiquei de butuca. Era menos de sete horas da manhã quando uma pessoa muito bem alinhada, vestindo um terno preto, camisa branca, gravata escura e sapatos brilhantes, saiu de dentro daquela casa, a mesma do endereço que o gerente do banco havia me dado. Só podia ser ele, pensei. O segui com frieza. Fiquei no ponto de ônibus, disfarçadamente ao lado dele, por uns dez minutos. Logo depois, entramos juntos na condução e seguimos para a zona sul. A viagem demorou uma eternidade. O meu olhar não descolou dele um só segundo. A parada foi quase em frente a um edifício de altíssimo padrão, este mesmo onde vivo agora. Desci e o observei até que ele sumisse num extenso corredor que o levaria ao elevador de serviços. Tentei uma informação sobre os patrões daquele sujeito. Tudo em vão. Guarita blindada, seguranças apostos, grades enormes separando o poder do resto do mundo. Pelo interfone, um dos seguranças, que mais parecia um armário de tão grande, com semblante sisudo, mandou-me andar. Naquele momento, eu não sabia definir o que estava sentido. Não conseguia definir se era angústia pela espera, dor pelo arrependimento de ter abandonado a minha criança ou se era satisfação por ter enfim encontrado o bendito endereço. Todos os sentimentos bons e ruins se misturavam dentro de mim, bagunçando ainda mais a minha cabeça.

Eu havia prometido nunca mais mentir para minha patroa, então não hesitei em contar absolutamente tudo o que estava se passando comigo naqueles últimos dias. Preocupada com que pudesse acontecer-me, ela pedia-me calma o tempo todo. O seu maior receio era que eu me metesse numa enrascada sem volta. Gente rica e poderosa passa como um trator por cima dos indefesos, repetia ela, o tempo todo. Enquanto ela falava, eu pensava: bem, um trator a mais ou a menos na minha vida tão esfacelada já não faz tanta diferença.

Encontrar a minha filha passou a ser uma obsessão. Aquilo me atordoava dia e noite. Eu não media esforços e nem consequências. Combinei com minha patroa que nos dias seguintes eu chegaria ao quiosque depois das onze. Fiz plantão diariamente pela manhã, semanas a fio, na orla da praia, bem em frente aquele edifício, que mais parecia uma fortaleza.

Todas as babás que levavam as crianças para o sol matinal foram sutilmente abordadas por mim. Nenhuma daquelas crianças havia sofrido um transplante de rim. Isso me desesperava. Mas eu precisava manter o equilíbrio, pois era apenas uma questão de tempo.

Pela lógica, existia uma hipótese contrária, mas isso eu não podia acreditar de jeito nenhum. Para mim, era impossível que aquele motorista não tivesse nada a ver com a minha história. Caso contrário, por que então ele teria efetuado aquela ordem de pagamento em meu nome? Essa pergunta não saía de minha cabeça. Eu não tinha a resposta, é bem verdade, mas diante das evidências, eu não podia perder a esperança.

Foi em um sábado, muitos dias depois de meus plantões diários, em frente àquele edifício, que uma das babás, que eu tinha feito amizade, comentou sobre uma criança do prédio que havia tido um problema sério de saúde meses antes. A menina do vigésimo terceiro andar toma sol todos os dias, pela manhã no jardim em frente à piscina e, somente no finalzinho da tarde, ela e a babá passeiam pela orla da praia. Confidenciou-me a moça. Meu coração disparou.

Daquele dia em diante, os meus plantões passaram a ser depois das quatro da tarde. Na quinta-feira seguinte, fiquei zonza, quase perdi o sentido, não conseguia respirar, buscava o ar nas alturas, mas ele me faltava, quando vi uma babá, a mais alinhada de todas as que eu tinha conhecido até então naquele lugar. A moça, com delicadeza, estava atravessando o portão elétrico daquela fortaleza, empurrando um carinho com uma menininha linda dentro dele rumo à orla.

Era ela, não tive dúvidas. Os cabelos avermelhados, que o vento fresco jogava de um lado para o outro, eram os meus cabelos. Fiquei estática. Não tive nenhuma reação. Não chorei, não sorri e nem saí do lugar. Acho que o meu coração e o meu cérebro pararam de funcionar por alguns segundos.

Como uma estátua, fiquei ali, de longe, apenas observando-as, até que enfim, quase uma hora depois, voltassem para o edifício.

Eu não queria sair dali nunca mais. Por quase duas horas meus olhos ficaram estagnados voltados para o vigésimo terceiro andar. Meu pescoço doía de tanto olhar para cima. Era praticamente noite, eu precisava voltar. Já de volta ao quiosque, abracei a minha patroa e desabei. Naquela noite, não consegui ficar sozinha em meu quartinho. Ela levou-me para sua casa. Ainda que tentasse, não conseguia responder à pergunta que ela com insistência me fazia. De fato, eu não sabia o que iria fazer com aquilo tudo. Brigar na justiça era o que ela queria me convencer. Mas a justiça me odiava e eu a odiava também. Se por acaso, eu aparecesse por lá novamente, era bem capaz de aquele promotor mandar me prender para sempre.

Duas semanas se passaram até que eu tivesse o primeiro contato físico com minha filha. Para mim, aquilo foi conflitante demais. Foi uma glória de alegria e prazer por tê-la tão perto e, ao mesmo tempo, uma imensa dor pela frustração de não poder gritar para o mundo que, por fim, eu a havia encontrado. A babá nunca imaginou, mas a nossa recente amizade tinha uma finalidade. Embora pobre, a minha aparência não denunciava isso. Ela pensava que eu era moradora da redondeza, que caminhava por ali todas as tardes. Inocente moça! Não desconfiava de nada.

Na semana seguinte, eu ganhei o maior presente de toda a minha existência. Foi comigo que ela deu os primeiros passos de sua vida. A babá não acreditou. Eufórica, do celular, contou à patroa que a filha estava finalmente andando.

X

Não preguei os olhos naquela noite. Era uma felicidade misturada a uma tristeza que eu não conseguia entender. Eu chorava e sorria sem cessar. A minha cabeça, assim como a minha vida, era um descontrole sem fim.

Dias mais tarde, a inocente moça confidenciou-me sobre a grande festa de aniversário que os patrões estavam preparando para a filha. Fiquei sabendo de cada detalhe, desde a cor e o modelo do vestido que cobriria o seu pequeno corpo, o motivo da decoração, o cardápio, até os nomes dos convidados importantes que iriam comemorar com ela. Vivi, naqueles dias, a festa de primeiro ano de minha filha, da qual nem em sonhos, eu participaria.

Eu não sabia como, mas precisava agir. Foi na terça-feira seguinte ao aniversário que, ao ver as fotos da festa no celular da babá, decidi colocar ponto final em minhas angústias.

Naquela altura, eu precisava de um plano e talvez de um cúmplice. Infelizmente, minha pouca experiência e meu desejo de atingir aquele objetivo me conduziram para o caminho aparentemente mais simples, mas, em sua essência, bastante complicado. Porém, se não fosse aquele, não sei qual seria. Eu estava convicta de que queria minha filha de volta. Para isso, eu não mediria esforços, mesmo porque eu não tinha quase nada a perder.

Cem reais foi o valor que paguei para consegui um parceiro que me ajudaria a arrancá-la da babá. O plano já estava traçado. Eu a levaria para o meu quartinho por uma noite apenas. No dia seguinte, nós duas cairíamos no mundo. Eu não podia ir embora sem antes despedir-me de minha patroa.

Eu precisava agradecê-la por tudo o que havia feito por mim.

Segunda-feira, fim de férias, praia abarrotada de turistas. Quase cinco da tarde, o sol ainda estava bastante quente. Sugeri à babá que comprasse uma água de coco para a criança que parecia estar com sede. O que ela não desconfiava, de jeito nenhum, era que o meu parceiro dificultaria a sua volta. Cinco minutos era o que eu precisava. A criança estava adaptada comigo, por isso, eu não tinha receio quanto ao comportamento dela. Também, depois de tantos encontros, isso não seria mesmo um problema, como de fato não foi.

Enquanto a moça seguia rumo ao quiosque, que estava um pouco adiante, peguei-a no colo, fiz sinal para o moleque agir e, com calma, para não chamar atenção, fiz sinal para um taxista parar. Nosso destino é o Recreio. Essa foi a única frase que consegui falar para o motorista naquele instante.

Dentro do carro, a criança estava calma, ao contrário de mim, que atordoada, transpirava incessantemente. Tirando o abandono de minha própria filha, eu nunca havia cometido uma infração, um crime, mas naquele momento o meu coração e minha consciência, que estavam em ritmo mais veloz que próprio veículo, diziam-me que aquele era o primeiro ato ilegal que eu cometia. E o pior, eles estavam certos. Embora na minha cabeça a filha fosse minha, aquilo não passava de um rapto.

Essa minha atitude excêntrica quase me levou para o fundo do poço. Minha vida que nunca foi lá grande coisa, de repente, ficou de cabeça para baixo. De uma hora para outra, jogaram-me na berlinda, julgaram-me, virei bandida e cai na boca alheia.

Não demorou muito até que chegássemos à porta da casa de minha patroa. Trêmula, paguei o taxista e, com a criança nos braços, corri para dentro. Meu receio era que algum vizinho nos visse. Quando entrei, a minha patroa quase enfartou. Isso é uma loucura! Esbravejava ela. O seu desespero fez-me perceber a loucura que eu estava fazendo. Entrei em pânico, mas era tarde demais.

Tudo o que eu havia planejado caiu por terra. Ela, aos gritos, exigia que eu voltasse na minha decisão e devolvesse a criança que, na altura dos acontecimentos, chorava descontroladamente, assustada com os gritos que ouvia de nós duas.

Diante daquele infortúnio todo, por um momento, eu também agi como uma criança: sentei-me no chão e chorei. Eu sentia-me perdida, não sabia o que fazer.

Ao perceber o meu desespero, abaixando o tom de voz, minha patroa pediu que eu me acalmasse. Disse que precisávamos colocar a cabeça no lugar para encontrarmos uma solução para corrigir aquele absurdo. Os meus poucos mais de quinze anos não me permitiam pensar em mais nada, só no pior. Eu queria morrer.

Um pouco mais calmas, providenciamos biscoitos para a menina, pois parecia faminta. Sequer uma fralda eu tinha para trocá-la. Minha patroa, toda jeitosa, se encarregou de dar um banho fresco na criança. Para mim sobrou a farmácia. Corri até lá para comprar o que precisava.

Na volta para casa, eu preferi correr. Sentia um medo tremendo. Desconfiada, eu olhava de um lado para o outro, parecia que estava sendo seguida. Era pura impressão, mas a sensação era quase real.

Naquele dia, eu aprendi que a nossa consciência definitivamente é o nosso maior julgador.

Minha filha dormiu a noite inteira comigo em minha modesta cama de solteiro. Ela estava tranquila, como se nada estivesse acontecendo em sua vida. Eu, por outro lado, não preguei os olhos um minuto sequer. Meu coração e os meus pensamentos me torturavam. Ao contrário do que sonhei, não tive nenhum prazer, não senti felicidade em tê-la ali ao meu lado, naquela circunstância. Eu sabia que tudo aquilo não passava de um sonho. Não sei se sonho seja a palavra mais apropriada. Acho que sonho seria se eu a tivesse verdadeiramente comigo, e isso eu não tinha. Tudo não passava de um triste e tenebroso pesadelo.

No início dos meus planos, eu sentia-me segura e destemida. Achava que nada podia ser pior do que ficar sem a minha filha. Pensava que sem ela a minha vida não fazia sentido, não valia nada. Mas diante daquele problema imensurável, eu já não sabia mais o que pensar.

Pulei da cama bem cedo, preparei a mamadeira, troquei a fralda de minha filha, e juntas fomos para a casa da frente. Como não podia deixar de ser, a minha patroa estava lá, gastando o chão de tanto andar de um lado para o outro. Ela não reclamou, mas pelos olhos inchados e vermelhos, não tive dúvida de que não havia dormido nada também.

Na verdade, uma noite inteira às claras não foi suficiente para encontrarmos uma solução. Não sabíamos como devolvê-la sem estardalhaço. Enquanto tentávamos, em vão, arranjar uma saída, o mundo lá fora se agitava em torno do que chamavam de sequestro.

Eu pensei que nessa história toda, a inocente fosse a coitada da babá, que confiou em mim cegamente sem saber de minhas reais intenções. Mas, logo pela manhã, era o meu rosto que estava estampado na internet e nos jornais do Rio de Janeiro. Eu era a principal suspeita pelo sequestro da criança rica da zona sul.

Quando o telefone tocou, dez e pouco da manhã, quase desmaiamos de susto. Mas era um funcionário do quiosque. Ainda bem, pensamos aliviadas. Mas infelizmente, segundos depois, descobrimos que as notícias eram apavorantes. Minha patroa, ao desligar o aparelho, sem cor nos lábios, disse-me com a voz trêmula, que a polícia carioca estava em peso atrás de mim. Naquele momento, meu mundo despencou de vez.

Estou exausta e você deve estar também, eu imagino. Se não se importar, amanhã conversaremos um pouco mais e continuarei essa história, que me tirou o sono por muitos dias.

Depois...

Desculpe-me a hora. Cheguei muito tarde ontem e só pude vir agora falar com você. Espero que possamos continuar a nossa conversa.

Hoje passei parte do dia no Recreio. Ela finalmente autorizou que eu levasse a minha filha, mais uma vez, à casa da minha ex-patroa. De vez em quando, eu apareço por lá, mas é difícil eu levá-la comigo. Tento entender os motivos pelos quais ela evita que eu saia com a menina para aqueles lados. Prefiro achar que seja apenas uma questão de segurança e não de preconceito.

Fizemos a maior farra o dia inteiro. Foi uma festa saber que minha ex-patroa será avó, em breve. Fiquei tão feliz com a novidade. Para mim é gratificante imaginar a sorte de uma criança tê-la por perto. O Almoço foi delicioso. O camarão capixaba que ela prepara, não existe!

Nos últimos tempos, tenho ido com pouca frequência visitá-la. Ela reclama e diz que estou fazendo pouco caso. Não é verdade, "adoro sua companhia", retruco sempre aos beijos.

Felizmente, ela compreende que ainda não tive oportunidade e nem coragem de pedir permissão para trazê-la aqui à minha nova casa. Aliás, imagino que nem se sentirá à vontade neste lugar de luxo. Mas eu ficaria muito feliz se conhecesse o lugar onde vivo hoje com minha filha.

Foi muito bom o passeio. Depois do almoço, pedi ao motorista, aquele mesmo sujeito que segui um dia, para nos levar ao quiosque. Era folga de minha ex-patroa, por isso só os seus empregados estavam trabalhando. Os meus antigos colegas ficaram felizes com a nossa presença e com as lembranças que levei para eles. As pessoas que frequentam a praia são as mesmas. Algumas me olhavam de esguelha, ainda desconfiam de minhas atitudes que foram atiradas ao vento de qualquer jeito, outras, piedosas, vinham cumprimentar-me e beijar a criança. Isso agora parece engraçado.

Depois do coco gelado que tomamos, tirei a sapatilha dos pezinhos de minha pequena, coloquei um chapéu em sua cabeça e juntas fomos caminhando sobre a areia morna da praia de Copacabana até a água fresca do mar. Fico feliz quando isso acontece. É tão incomum ficar sozinha com ela. Tantos empregados o tempo todo me tira a liberdade de mãe. Mas compreendo que tenho de ter paciência.

O dia foi mesmo maravilhoso. No final da tarde, fiz questão de levar a minha ex-patroa de volta no Recreio e, só depois, voltamos em segurança para casa. Cheguei aqui renovada. Tomei um banho, comi algo leve e dei uma passadinha no quarto de minha filha, que já estava dormindo como um anjo. Por isso, demorei tanto para chegar até aqui, mas agora estou pronta e espero que possa continuar a ouvir a minha história.

... Antes

Aquele dia foi o pior de minha existência. Pensei em tirar a minha própria vida. Mas aquilo não era uma solução, eu sabia. Abraçada à minha filha, eu dizia, aos gritos, que não a entregaria por nada e, nem se o mundo desabasse sobre mim, eu a soltaria. Minha patroa estava desesperada.

Localizar o meu paradeiro e o da criança foi tarefa muito fácil. O pessoal do lar, onde vivi por algum tempo, logo que viu a minha foto estampada nos jornais, não hesitou em passar o endereço do quiosque para a polícia. Os funcionários não tiveram escolha e, assim, logo depois do almoço, a polícia já havia cercado o quarteirão inteiro da casa onde estávamos.

Horas de intenso estresse. O comandante da polícia e minha patroa intermediavam a negociação. Trancada em meu quartinho, eu berrava dizendo que estava com uma faca na mão. Se a minha patroa não estivesse tão nervosa, teria entendido que aquilo não passava de um blefe. Com a televisão ligada, eu conseguia ver a movimentação em volta da casa e o alvoroço que aquilo causava no quarteirão e na cidade inteira. Minha filha permanecia quieta, não chorava de fome e nem pelo alarido que aquilo virou. Parecia entender a minha aflição e, com os olhinhos meigos, protegia-me de alguma forma.

Na televisão, eu aparecia como uma sequestradora, apenas. Em nenhum momento falaram que eu era a mãe biológica da criança. Não sei se eles ainda não sabiam. Talvez as pessoas do lar não tivessem ligado uma coisa à outra. Minha patroa não teve coragem de expor aquilo também.

No fim da tarde, não tive escolha, as imagens de minha patroa sendo jogada feito uma bandida dentro daquele camburão nojento fizeram-me gritar e pedir a presença da assistente social do lar. Entrei em pânico. Eu não podia admitir que uma senhora do bem, como ela, fosse algemada como uma assassina, pela suposta cumplicidade do crime que eu estava cometendo sozinha. Aquilo não era justo.

Não demorou muito para a minha filha dormir de exaustão. No início da noite, fiquei aliviada quando ouvi a voz de uma mulher chamando meu nome. Meu coração desacelerou de alívio quando percebi que era a assistente social. Ela entrou em meu quarto e, ao constatar que nenhum perigo havia para a criança, que dormia com tranquilidade, tomou-me em seus braços. Foi o abraço mais forte que recebi em toda minha vida. Eu soluçava tanto, que mal conseguia pronunciar uma única palavra. Ela pedia que eu explicasse o que estava acontecendo. Ela precisava entender tudo aquilo para poder me ajudar. Ficou perplexa, sem palavras, quando eu disse que aquele bebê lindo, que dormia como um anjo era a minha filha.

Ela, embargada pela situação, chorou desesperadamente. Minutos depois, caminhou para perto da criança, sentou-se à beira da cama e, passando a mão sobre os seus finos e avermelhados cabelos, em soluços, se culpou por aquilo tudo que estava acontecendo.

Infelizmente, ela nada podia fazer. Sem que conseguisse intermediar qualquer coisa, a porta de meu quarto, minutos depois de sua entrada, foi arrombada pela polícia que adentrou em peso. Sem reação, sentei-me no chão frio e abaixei a cabeça, fitando apenas para os meus pés feios e descalços. A assistente, quando entendeu a gravidade da ação dos policiais, começou a gritar, pedindo calma. Eles não deram ouvidos, não quiseram nem saber. Agarraram-me pelos cabelos e, aos supetões, enfiaram-me dentro de outro camburão.

Já era tarde da noite e a vizinhança curiosa, que acompanhava tudo de perto, gritava: *"bandida, pena de morte para ela"*. Aquilo não me atingia, eu estava em choque. Por mais que gritassem, não doía. Bandida eu não era, porque a filha era minha, e a pena de morte que me impunham naquele momento, eu mesma já havia optado por ela. Era só uma questão de tempo. Eu queria morrer.

Nunca apanhei tanto em toda a minha existência, nem o desgraçado de meu padrasto me bateu tanto daquele jeito. Na delegacia, ninguém me interrogou ou perguntou sobre qualquer coisa que fosse. Não vi o delegado, nem o defensor público e, muito menos, alguém dos direitos humanos, que mais tarde eu soube existir.

Aqueles homens fardados me espancavam. A satisfação nos olhos deles me deixava perplexa.

Fiquei roxa da cabeça aos pés. Deixaram-me de molho numa cela podre por muitos dias. Só depois eu entendi que eles precisavam ganhar tempo, pois o exame de corpo de delito não poderia acusar tamanha violência.

Aquilo tudo era arbitrário demais, eu era menor de idade. Mas acho que isso também não fazia a menor diferença. Minha patroa foi solta dois dias depois, graças a um advogado, cliente do quiosque, que a ajudou. Foi por Deus, mas em pouco tempo ele conseguiu um habeas corpus para ela.

Dias mais tarde, eu tive de beijá-lo à mão, em sinal de agradecimento por tê-la tirado daquela enrascada. Isso o sensibilizou tanto que ele tomou as minhas dores. E foi graças a ele, também, que mais tarde eu fui encaminhada para uma fundação de recuperação de menores. Lá tive um pouquinho de paz.

Somente semanas depois, a polícia encontrou a minha responsável legal. Apesar de ter acompanhado tudo pela televisão, aquela mulher não tinha movido uma palha por mim. E isso nem era novidade. O fato é que minha angústia, meus medos e minhas imagens na televisão não foram suficientes para que ela pensasse duas vezes e mudasse de ideia. Eu sabia que seria assim; ela nunca me amou como filha.

Os dias se passaram e a opinião pública se dividiu ao saber que não se tratava de um sequestro, simplesmente. Entenderam que aquilo era uma atitude desesperada de uma jovem mãe que perdera os direitos sobre a sua filha. O país se agitava em torno do assunto.

X

Na Fundação, fui procurada por muitos advogados que se diziam defensores da minha história. Alguns diziam que existia uma grande falha no processo de adoção, pois eu não havia feito parte dele, mas mesmo assim o Judiciário me tirou o poder de mãe. Outros diziam que qualquer documento ou autorização que eu tivesse assinado não teria validade, porque eu era menor de idade e não fui assistida por um defensor e nem o Ministério Público havia visto isso. Cada um falava uma coisa, mas todos eram unânimes em dizer que o processo de adoção seria nulo, se brigássemos na justiça. Eu tinha tanto medo dessa tal justiça, que só de pensar nela me descompensava toda.

A única pessoa em que eu acreditava, naquele momento, era no advogado cliente do quiosque. Na verdade, foi ele quem me ajudou. Foi uma batalha terrível, mas tenho de confessar que devo a minha vida a ele.

Durante meses, o assunto foi pauta de destaque dos principais telejornais do país, da internet, de grupos de senhoras ocupadas e desocupadas. Até nas mesas de bares se discutiam sobre o meu direito de ter ou não a minha filha de volta.

A minha idade pesou muito para a maioria das pessoas ficar do meu lado. Eu era uma criança, e ainda sou, na verdade. Por isso, as minhas atitudes, desde a gravidez, até aquele momento de guerra, eram passíveis de perdão, eles diziam.

Depois que fui presa, minha imagem deixou de ser nítida na televisão, no jornal e na internet, que tiveram de ser redimir, mais tarde, por ter exposto a minha foto, sem se preocuparem com a minha menoridade.

O processo crime prossegue até os dias de hoje. Mas o processo de anulação da adoção durou poucos meses. A vida, nos pregando uma grande peça, nos obrigou a entrar num acordo.

Mas até que isso acontecesse, tantas farpas afiadas e venenosas foram atiradas. Tantas verdades e mentiras foram repetidas com tanta naturalidade, dentro e fora daquele tribunal. Inacreditável! Doía fazer parte daquele teatro de horrores. Mas o que não mata, fortalece, sempre repetia minha patroa. Aquilo, de fato não me matou, mas me fortaleceu. Talvez por isso, eu já não tivesse mais tanto pavor de enfrentar o juiz, que também não era mais o mesmo sisudo de antes.

Aliás, o céu estava começando a ficar do meu lado, eu sentia isso. O promotor de justiça, dessa vez, tinha um semblante bom, e o juiz, pelo jeito, deveria ter uma filha adolescente, como eu. Ele me olhava com bondade e compaixão.

No calor das discussões, o advogado da mãe adotiva dizia que eu era mesmo uma vagabunda e criminosa. Ele repetia que eu não tinha estrutura, educação e nem condições para criar aquela criança. Nisso, talvez, ele tivesse razão. Mas ele pecava quando afirmava que eu sabia o que estava fazendo quando dei minha filha para adoção. Só Deus sabe como tudo isso aconteceu e quanto eu estava sofrendo.

Até o processo de aborto foi jogado em minha face. Se eu não a queria desde o começo, eu não poderia ter o direito de ficar com ela agora, o doutor gritava para me acuar.

O meu advogado, indignado com tanta injustiça, pela primeira vez, abriu o jogo e contou toda a minha verdade perante aquele tribunal. Foi nesse dia que o país entrou em choque ao saber que eu havia sido estuprada dentro de minha própria casa, pelo meu próprio padrasto, debaixo do olhar da pessoa que mais deveria me proteger. Aquela história se desdobrou em muitas outras.

Protagonizei mais um processo judicial. O promotor, aquele mesmo que eu abominei, por meses a fio, dias mais tarde, procurou-me na Fundação. Franzindo o cenho, ele disse-me, com a mesma voz forte e áspera de sempre que a justiça deveria ser feita. Diferente de sua voz, os seus olhos pareciam outros; havia agora uma sombra de justiça querendo se sobressair à intransigência e à amargura que vinha deles. Eu não entendi bem o que seria feito, mas aceitei a sua proposta. Afinal, era a minha vida que mais uma vez estava em jogo.

Espero que você não esteja se sentindo cansado com o meu calvário. Sei que foram muitas mudanças em pouco tempo. Aliás, foram tantas que ainda me sinto zonza. Mas o que eu espero, sinceramente, é conseguir te contar tudo o que se passou comigo, antes do resultado final que sairá em breve.

Depois...

Como eu havia comentado antes, faltam alguns dias para a bendita sentença, que me devolverá os meus direitos. Pelo menos, é isso que eu espero. Os advogados nos garantiram, na última reunião, que tudo será resolvido definitivamente. Preciso tanto acreditar nisso.

Mas se isso não acontecer, não sei se a minha rotina será a mesma de agora. Nem sei como ficará a minha vida. Ficar ou não neste apartamento ainda é uma grande incógnita. Para que nada se altere, imagino que as pessoas daqui tenham de se sentir satisfeitas com o resultado também. Senão...

Hoje, teremos uma sessão com a nova psicanalista. Desde que vim para esta casa, já passei nas mãos de tanta gente, que nem o nome guardo mais. Talvez, a sessão de hoje seja diferente das anteriores. Pela primeira vez, vamos entrar na sala as duas juntas. Já estou aqui pensando o que posso e o que devo falar. Eu só sei que se eu falar a verdade, se eu colocar para fora tudo o que sinto no fundo de meu coração, acho que vou magoá-la muito. Preciso ser cautelosa.

Eu percebo o esforço que ela vem fazendo para se aproximar de mim desde que vim para cá, mas, às vezes, parece ser difícil para ela descer até mim. Ontem mesmo, eu notei quando, disfarçadamente, ela passou a mão em meu rosto como se fosse retirar um cisco. Eu sei que na verdade ela queria sentir a minha pele. É estranho, mas a elegância e a beleza dela ainda me assustam. Mas uma coisa eu preciso confessar, gostei tanto de sentir a textura e o perfume daquelas mãos macias, que me senti até embargada.

Acho que ela queria dizer algo, mas não conseguiu. Então, depois de tirar o suposto cisco de meu rosto, esticou com suavidade um bonito vestido em minha cama e deixou um bilhetinho simpático, pedindo-me para usá-lo na sessão. Isso me fez sentir piedade dela.

Ainda é difícil aceitar a conduta dessa mulher, que hoje se diz também mãe de minha filhinha. Eu tento convencer-me que a culpa toda, de todas as desgraças que se passaram comigo, sempre foi da mãe dela. Mas é difícil aceitar isso como uma verdade absoluta. Ela teve uma vida para se redimir, e não o fez. Teve uma vida para corrigir o seu erro, e preferiu deixar o destino se virar sozinho.

O vestido ficou bonito em mim. Sinto-me bem dentro dele. Pareço uma garota abastada. Definitivamente, ela tem bom gosto e conhece bem o meu corpo. Talvez isso não seja difícil para ela, pois somos parecidas nisso também.

Bem, está na hora de sair, ela já está me esperando na sala, falarei com você na volta. Agora vou lá exercitar a minha coragem e me abrir com a nova terapeuta.

X

... Antes

Quando o público soube que além de tudo eu havia sido vítima de um estupro absurdo, a mídia teve de dar a mão à palmatória e tomar um partido. Aquilo virou uma mania nacional. A minha história estava na boca de todos.

Agora eles queriam saber o porquê de tantas falhas no processo de adoção. Falavam em uma justiça tendenciosa e claramente corrupta. Era mais um escândalo envolvendo um rico, opressor de uma pessoa declaradamente pobre, com o aval do Poder Judiciário. A pressão foi tanta que a mãe adotiva de minha filha teve de se defender perante as câmeras também.

Pela primeira vez, ela foi exposta em rede nacional. E foi aquela aparição que uniu de uma vez e, talvez para sempre, as nossas vidas.

Inacreditavelmente, não demorou nem vinte e quatro horas para a minha ma..., ou melhor, para aquela mulher que me abandonou por causa de seu companheiro cafajeste, aparecer na Fundação onde eu ainda estava internada.

Ela, até então, havia me procurado uma única vez, desde que eu havia sido levada para aquele lugar, mesmo assim porque foi obrigada, com certeza pelo medo de alguém expor o seu homem.

O que mais doeu, foi o fato de ela ter aparecido naquele dia para assinar o termo, declarando ser minha responsável, apenas depois do escândalo do estupro, quando o promotor reabriu o processo para apurar o crime, que agora todos sabiam que o bandido do marido dela havia cometido contra mim.

Lembro-me com asco, dela implorando para que eu desmentisse toda a verdade. Eu me neguei veementemente. Odiosa, ela se foi e ainda disse que eu pagaria caro por aquilo.

Bastou a mãe adotiva de minha filha aparecer em frente às câmeras da TV, para defender-se da acusação de adoção ilegal, para que essa mulher, que um dia se intitulou como minha mãe, me procurasse de novo.

Naquele dia, confesso que eu me assustei quando ela, transtornada, apareceu de repente na Fundação.

Quem não a conhece talvez tivesse complacência, mas infelizmente eu sabia bem quem ela era e o que queria. E se pretendesse mais uma vez que eu voltasse atrás em meus depoimentos para livrar a cara daquele bandido, estava perdendo o seu tempo.

Mas ela estava diferente, chorava e me pedia desculpas.

Nunca imaginei aquilo vindo daquela mulher tão fria. Em soluços ela dizia que Deus – um Deus que eu nunca soube que existia na vida dela – havia pregado uma peça para todos nós. Eu não entendia nada daquilo que ela dizia. Falava, falava e eu continuava sem entender. Ela estava confusa e não conseguia fazer-se clara.

"Eu descobri", ela gritava, "eu descobri"! Mas não conseguia dizer-me o que havia descoberto. O seu estado e o seu choro descontrolado começaram a me deixar intrigada.

"Olha o que o destino fez conosco", gritava. "Vocês duas são mãe e filha." Sua fala estava tão confusa, que quanto mais tentava se explicar, menos eu a entendia.

De repente, percebendo o seu estado de choque, resolvi tomá-la nos braços e sacudi-la, na tentativa de trazê-la à realidade.

Naquele instante, pela primeira vez na minha vida, ela abraçou-me forte. Chorou muito e pediume perdão. Respirando ofegantemente, sentouse no banco frio de cimento queimado, abaixou olhar para o gramado malcuidado do jardim e me confessou aos soluços que nunca foi a minha mãe de verdade.

Eu não entendia aquela cena. Nada do que ela dizia para mim era novidade, mãe eu sempre soube que ela nunca foi ou, pelo menos, nunca conseguiu agir como tal.

Mas o que eu não estava entendendo era a outra verdade que ela trazia consigo. Uma verdade que eu confesso jamais imaginei.

Eu não sabia e tive de entender aos trancos.

Chorando sem parar, ela tentava contar-me que não era mesmo a minha mãe.

E foi naquele instante que eu tive de entender que nessa vida nada nunca nos ligou. Tive de entender, de uma forma torta, que sequer o laço da biologia nos unia.

Assustada com aquela revelação, eu caí sentada naquele banco rústico e mal-acabado, como a minha própria história. Olhei para os meus pés e finalmente entendi que por um castigo das trevas ou graça de Deus, eu estava brigando na justiça por minha filha que havia sido adotada por minha própria mãe biológica.

Depois...

Você deve estar bastante assustado e confuso com a minha biografia, eu imagino. Parece mesmo inacreditável, talvez por ironia do destino, foi essa mulher fina, elegante e rica, com quem eu vivo hoje – minha mãe biológica – quem adotou a minha filhinha.

Espero que você continue comigo, mesmo depois de conhecer essa verdade sórdida que a vida reservou para mim.

Como temos pouco tempo até que a justiça seja feita, se é que isso seja possível, eu espero que dê tempo de concluir o relato de meu passado. Agora estou exausta, o passeio de hoje pela praia foi muito bom, mas me deixou muito cansada. Encontro com você amanhã.

... Antes

Naquele momento em que ela me contou toda a verdade sobre a minha própria história, quase desfalecida, fui escorregando de vagar do banco áspero onde me encontrava até chegar ao chão, lugar onde a minha vida havia sido definitivamente arremessada. Embora aquela mulher, que um dia se fez passar por minha mãe, pedisse para que me levantasse, eu precisava ficar ali para sentir o meu verdadeiro espaço, ou seja, o lugar mais baixo que a vida poderia reservar para alguém.

Talvez o acaso quisesse ser benévolo comigo, mas o meu coração ferido não conseguia entender isso. Tudo parecia muito cruel, e a única coisa que eu sentia era uma atrocidade gigantesca esfacelando o meu âmago. Era como se a minha vida nunca tivesse existido; era como se tudo estivesse começando ali; era como se eu estivesse sendo concebida naquele instante, sem mãe, sem destino, sem nada.

Aquela mulher desceu até mim. Pude então, naquele instante, sentir o calor e o odor que exalavam de sua pele e de sua respiração. Estávamos quase coladas uma a outra, mas sua súplica por perdão parecia vir do infinito. Soava como um eco ressonando nas paredes do nada que era a minha própria existência. Devagar fui saindo daquele túnel e voltando do transe agonizante. Ouvia soluços frenéticos e rogos de clemência, de socorro. À minha frente estava o meu algoz, agora, içando-me das trevas que havia me arremessado.

Nem sei por quando tempo permaneci ali esticada no chão frio e imundo. Pareceu, uma eternidade, talvez. Eu não queria mesmo voltar, eu não precisava mesmo voltar. Morrer era a solução. Mas a morte também não me queria.

Quando, por fim, consegui levantar o meu corpo e colocá-lo novamente no banco, só me recordo de ter forças para pedir para que ela sumisse de minha frente. Eu tinha tantas perguntas sobre a minha própria existência, mas ali a minha garganta estava travada, minha mente endurecida e os meus olhos imploravam para não a ver nunca mais.

Suas palavras não me convenciam, as suas súplicas não me tocavam. Cerrei os meus olhos com minhas pálpebras, tapei os meus ouvidos com as minhas lembranças e, alucinada, escancarei a minha boca e gritei: suma daqui!

Lembro-me de ter libertado os meus olhos, os meus ouvidos e meus pensamentos apenas quando tive certeza de que nunca mais a veria de novo.

Voltei para o meu alojamento, onde fiquei prostrada na parte de cima de um beliche malcheiroso, por quase dois dias. Não comi, não tomei banho, não participei das atividades, apenas implorava para que me deixassem em paz. Minha alma estava doente. Com muito esforço, nos próximos dias, consegui apagar os meus pensamentos. Eu não queria refletir sobre nada do que estava acontecendo em minha vida. Não tinha forças para suportar a realidade. Quando as lembranças vinham, eu as expulsava com fervor. Em voz alta, como uma insana, contava sem parar até mil, espantando tudo o que vinha.

Dias depois, quando, finalmente, deixei a cama, a única coisa que consegui fazer foi buscar por um cartão telefônico para ligar para minha patroa. Eu precisava falar com o advogado.

Depois...

Descobri há pouco tempo, que falar sobre desgraça é mais fácil do que sobre resignação. Ainda estou atordoada com tudo. Para mim é bastante difícil entender o significado real disso. Você não faz ideia do quanto é difícil estar na pele desta Maria.

Um dia desses, passeando pelo calçadão da praia de Ipanema outra adolescente, de longe, gritou: "Sorte a sua ter achado uma família rica, hein!".

Aquilo ficou martelando em minha cabeça por dias a fio. A palavra sorte não se encaixava muito na minha história, e era isso o que eu gostaria de ter respondido para aquela garota. Não sei de que sorte ela se referia. Tempos depois fiquei imaginando que talvez aquela adolescente tivesse tudo na vida, família, amigos e paz, menos dinheiro. Essa era a única explicação para entender aquela efusiva expressão. Se a garota soubesse que para mim faltou absolutamente tudo, principalmente a tal sorte, talvez nem tivesse perdido tempo em se expressar daquela maneira.

X

Hoje, sinto-me um pouco diferente e terei tempo para te contar isso. Mas lá atrás, as coisas foram bem mais complicadas. Aceitar o abandono foi difícil demais e, na verdade, ainda é. Acho que ninguém aceita ser desprezado. Aliás, se eu pudesse, arrancaria essa palavra do meu mundo. Como eu gostaria de esquecer todos os abandonos que me impuseram.

Não foi e nem está sendo fácil, e precisarei de muita terapia para superar o fato de ter sido desamparada pelas mulheres que deveriam ter sido as mais importantes em minha vida.

Minha mãe biológica me abandonou, e os motivos, contarei a você mais tarde. A minha avó materna, pessoa que deveria ter me amado duplamente, como as avós normais do mundo, incorreu no mesmo ato, ou melhor, foi ela a grande mentora disso tudo. E com a mulher, que de alguma forma se dispôs a zelar por mim, também não foi diferente.

É deprimente, mas a verdade é que as três, de um jeito ou de outro, fizeram parte de minha vida e de meu abandono. Essa injustiça ainda dói, talvez por isso seja tão difícil pensar em perdão.

Confesso que tento, mas nunca imaginei que perdoar fosse tão penoso. Apontar erros e culpas parece mais fácil do que entender o porquê que os mesmos foram lançados.

Infelizmente, eu sei que não conseguirei escapar desses traumas, desses sentimentos profundos, desses erros quase irreparáveis e tão difíceis de serem apagados. Mas eu não posso e não vou fugir. Tentarei ser forte para enfrentá-los de uma vez. Não será simples, mas quero acreditar que isso seja possível.

Entretanto, quando imagino que estou conseguindo uma mudança, um crescimento, chegam as recordações. É deprimente, mas tudo, o tempo todo, me faz lembrar coisas que eu gostaria de deixar no passado. São memórias escuras que me invadem sem permissão, a qualquer hora do dia ou da noite. São odores e gostos horríveis que me transportam até lá de novo. Lixo, lama, esgoto, surras e abusos perturbam a minha cabeça. Essas lembranças vêm como avalanche enfurecida que tenta varrer a minha força para bem longe. Parecem indomáveis; gritam em meus ouvidos para eu não me esquecer de sua invencibilidade. Elas submergem o meu ser, assim como o cheiro da água malcheirosa, que ainda inunda a minha mente. Aquele odor quando quer se aloja dentro de minha memória, pouco se importando com o aroma de frescor que exala dos ambientes de onde estou agora.

No auge dessas horas, mais uma vez aperto a minha cabeça por entre os meus joelhos ossudos e hipnotizada, para os meus pés malfeitos, busco submergir para a realidade.

Continuarei a busca por respostas.

... Antes

No dia seguinte, como era de se esperar, a minha patroa foi na Fundação na companhia do advogado. Antes eu não conseguia ver o encanto e nem sentir o perfume daquele doutor, como agora. Hoje eu o vejo como um anjo em minha vida.

Tudo parecia inacreditável. Durante a visita deles, tive de contar mais de duas vezes para que entendessem o que estava acontecendo em minha história. O relato não era longo, mas era confuso. Eu não tinha mais nenhum detalhe sobre a minha própria vida. Mas eu sabia que os últimos acontecimentos fariam com que os meus processos, emocionais e judiciais, caíssem por terra.

As notícias foram tão drásticas que ele pediu algumas horas para colocar as ideias no lugar. Franzindo a testa, repetiu algumas vezes que a nova realidade mudaria por completo a sua estratégia jurídica. Apesar de angustiada, eu sabia que aquele drama todo acabaria sendo positivo para o desenrolar de meus processos. Ele também. Mas em nenhum momento transpareceu satisfação, com certeza, em respeito ao meu sofrimento.

Minutos depois, visivelmente reflexivo, nos deixou a sós por algum tempo. Pensativo, foi à cafeteria da esquina, talvez para buscar em uma xicara de café lucidez para agir.

Ficamos, lá, eu e minha patroa, sentadas em um banco duro de madeira fincado no chão, na parte lateral do pátio. As outras internas, protegendo-se do sol com o dorso da mão, fitavam-nos de longe, com nítida curiosidade. Algumas delas me viam como a delinquente que apareceu na TV, outras, como a pobre menina que enroscou os pés pelas mãos.

Ali, sob o olhar de tantas garotas tão perdidas quanto eu, conversamos bastante. Tentei contar a ela tudo o que havia se passado dias antes, mas muita coisa se evadia de minha mente. O trauma de saber que eu não era quem eu pensava ser, de saber que minha mãe nunca havia sido minha mãe, que minha filha, na altura dos acontecimentos, era filha de minha mãe biológica, e que essa mulher um dia me atirou às traças, me fazia esquecer muitos detalhes.

Minha patroa, mais uma vez, demonstrava perplexidade diante da nova verdade. Sua afeição por mim era a cada momento maior. Apertando-me em seus braços, tentava me convencer de que tudo ficaria bem. Pedia com afago para que eu refletisse sobre a possibilidade de se fazer justiça. Pensei apenas em minha filha. Porém, ela foi além. Dizia que antes de minha menina tinha a minha própria vida. Tinham os direitos que covardemente me subtraíram. Eu não entendia onde ela pretendia chegar, pois nenhum direito poderia ser devolvido, pois tudo já havia sido consumado. O abandono era um fato e os reflexos dele uma realidade. O passado estava tatuado em minha vida e nunca nada e ninguém poderia mudar isso, eu retrucava. Mas o futuro pode ser diferente e mais digno, insistia ela.

Muita coisa ainda estava para acontecer. Minha patroa alertou-me sobre a possibilidade daquela mulher, que um dia se passou por minha mãe, se aproveitar da situação e tentar tirar alguma vantagem de minha família rica. Descartei isso de plano. Esse não era o perfil daquela mulher. Ela tinha muitos defeitos, talvez até de maior relevância, mas jamais se aproveitaria da situação por dinheiro, mesmo que seu marido bandido insistisse.

Se eu pudesse arriscar, diria que ninguém mais, além daquela mulher e de nós duas, sabia sobre a minha atual verdade. E, foi no gancho dessa frase, que o advogado, de volta, nos interrompeu. E todos devem continuar sem saber de nada, essa é a minha nova estratégia, disse ele, eufórico.

Até aquele momento, o meu sofrimento havia aguçado ainda mais o meu lado egocêntrico. Eu me via dentro de um casulo de amargura e os meus olhos só conseguiam enxergar a minha própria angústia. Apática, eu disse para o doutor que tanto fazia o mundo saber ou não quem era quem nessa história. Nada mudaria a minha dor.

As minhas palavras em nada alterou o que ele havia planejado. Mas ainda assim, nos pediu segredo. Sugeriu que mantivéssemos em silêncio, pelo menos até que conseguisse marcar uma audiência com o juiz.

Quando, finalmente, ele saiu, caí nos braços de minha patroa. Eu queria entender porque a minha angústia só aumentava. Naquele momento, no mesmo banco que a tudo testemunhava, ela ajeitou a minha cabeça em seu colo. Encolhi-me em posição fetal e, com o sol esquentando o meu corpo trêmulo, ela esboçou um sinal sobre minha testa. Aquela carícia suave me fez abrir os olhos e ver a sua boca mover em silêncio. Senti que, naquele instante, ela pedia por alguém que nunca se preocupou em fazer isso por si mesma. De vergonha, eu chorei. Pedi para ela me ensinar a falar com Deus. E isso foi o que me ergueu.

De posse de minha poderosa arma, resolvi sair de dentro de meu próprio castigo e lutar por minha vida.

Dois dias mais tarde, o doutor voltou à Fundação novamente na companhia de minha patroa, trazendo consigo a notícia de que havia conseguido marcar uma audiência de urgência, graças à intervenção do promotor.

Ele não disse, mas vi, em seu semblante de satisfação, que a minha história seria colocada nas mãos de gente de peso, mas isso só poderia acontecer no momento certo e na presença do juiz.

Eu participaria da audiência, por isso, desde então me pediu calma. Disse que talvez eu nem fosse ouvida, mas se isso acontecesse, me orientou que respirasse fundo antes de responder.

Somente no final de nossa conversa, é que teve força para nos contar que havia arrolado aquela mulher, que um dia tive como mãe, para ser testemunha. Foi difícil, mas concordei.

O dia da audiência logo chegou.

Sala solene, escura e fria como uma lápide. Sentei-me do lado esquerdo do julgador. Com aparente tranquilidade, meu advogado afagou a minha mão trêmula, e me pediu para agir com serenidade. Fechei os olhos e falei com Deus. Senti-me fortalecida. Do outro lado, estava ela, tão bonita quanto inocente do que viria pela frente. Ao seu lado, estavam três advogados, que me fitavam com desdém. O promotor, que estava sentado à cabeceira da mesa, dessa vez, parecia complacente.

Enfim, foi aberta a sessão por aquele homem com semblante pacificador, que nem de longe parecia um juiz. Para mim, juiz era sinônimo de temor. Mas esse, de aspecto bom, sem delongas, iniciou a audiência. Disse, de início, que diante dos novos acontecimentos, iria logo ouvir a testemunha que aguardava lá fora. Naquele mesmo instante, foi abruptamente interrompido por um dos advogados, que alegou que a tal testemunha não poderia ser ouvida, por nítido interesse no resultado do processo. Como se fosse uma novidade para o juiz, o advogado disse que a senhora que aguardava lá fora se tratava de minha mãe. Pela forma que se expressou, nem de longe, imaginou que um dia aquela mulher também havia feito parte da vida de sua cliente.

O juiz, que já sabia do parentesco, olhou para o promotor e pediu para que ele se manifestasse. Eu não entendi direito o que aquilo significava, mas o promotor disse que se o juiz aceitasse a tal alegação do advogado, que então ouvisse a testemunha apenas como informante. E assim aconteceu. Depois de o juiz ditar algumas palavras para a funcionária que estava no computador ao seu lado direito, disse que ouviria a mulher.

Quando a testemunha adentrou a sala, a minha mãe biológica, que nem em sonho imaginava o que estava acontecendo, sobressaltada, virou-se para os advogados e perguntou o que aquilo significava. Essa resposta eles também não tinham. Mas imagino tudo o que se passou na cabeça daquela senhora bonita, rica e aparentemente distinta. Imagino que, por uma fração de segundo, ela viu a sua própria história sendo jogada ao vento e espalhada aos quatro cantos do país.

O seu desespero foi tanto que, após sussurrar nos ouvidos dos advogados, houve um princípio de desordem. Em voz alta, um dos procuradores da distinta mulher, insistiu na tese de que tal testemunha não poderia ser ouvida, dessa vez sob o argumento de que ela certamente tinha intenção de denegrir a imagem de sua cliente.

Eu, do outro lado da mesa, inocente durante uma vida, conseguia, pela primeira vez nessa história, saber mais da realidade daquelas pessoas do que elas mesmas.

O juiz, de forma autoritária, pediu ordem e silêncio, e disse que ouviria a mulher de qualquer maneira.

Os advogados e a cliente poderosa, que sequer alcançava o que estava acontecendo, se agitavam em suas cadeiras como se algo os incomodasse.

A testemunha foi colocada em uma cadeira bem em frente ao juiz. Entregou, tremulamente, os seus malconservados documentos à funcionária e, sem levantar a cabeça, limitou-se a responder, em poucas palavras, as perguntas do juiz e do promotor.

Quando o magistrado perguntou se ela sabia de algo que poderia mudar o rumo do processo, ela, pela primeira vez, ergueu a cabeça, olhou para o lado, buscando o meu olhar, e balançando a cabeça respondeu que sim.

Aconselhada a dizer apenas a verdade, em prantos, ela disse que a verdade era a última coisa que gostaria de omitir, principalmente porque diante de tantas injustiças, das quais também contribuiu, não tinha mais como se calar.

Com sutileza, o juiz pediu para que ela permanecesse olhando em sua direção, e contasse tudo o que sabia. Naquele instante, sem qualquer receio, e desatenta à ordem que acabou de ouvir, virou-se para trás e encarou a filha da antiga patroa.

Após alguns segundos, depois de rasgar a mulher com o olhar, voltou-se novamente para o juiz, e confessou em voz alta que aquela senhora distinta e rica era a minha verdadeira mãe.

Não imaginei que fosse possível, mas, naquele instante, vi despencar do alto de uma beleza quase que intocável a mulher responsável por minha existência.

Pálida, como uma folha virgem de papel, sob o olhar de todos que ali se encontravam, desfaleceu.

Assustados com o que presenciavam, aqueles homens engravatados, que vinham lutando para me trancafiar como uma delinquente, a socorreram.

O ambiente antes sóbrio e formal, instantaneamente, agitou-se, como um tufão descomedido.

Em poucos instantes, o médico do próprio tribunal a trouxe de novo à realidade. De posse de seus sentidos, tentou secar delicadamente as gotículas de suor que brotavam em sua pele, evitando borrar maquiagem que, naquele momento, pouco minimizava o seu assombro.

Nos minutos seguintes, o silêncio que regia o lugar, suplantava até mesmo o ruído do trânsito caótico vindo do lado de fora.

A realidade deprimente das duas mulheres que estavam dentro sala, exposta de forma quase cruel, parecia perturbadora demais para ser enfrentada com naturalidade por quem quer que fosse.

A impressão que tive naquele instante era que ninguém ali sabia o que fazer com aquela informação inusitada. A testemunha de cabeça baixa, a pensar em sua própria trajetória, o juiz, veterano em assuntos daquela natureza, a folhear o processo de cá para lá, o promotor a procurar uma resposta em um livro de milhares de páginas, os advogados a ventilar a cliente, que naquela altura havia trocado o aveludado da pele pelo brilho da ansiedade, e o meu defensor e eu, a esperar por um milagre que me libertasse daquele pesadelo.

Minutos se passaram até que a mulher ainda lívida respirou profundamente, buscando coragem para pedir para conversar a sós com a testemunha. O juiz, após a concordância de todos, autorizou que as duas saíssem da sala.

Pouco mais de cinco minutos, ambas as mulheres, responsáveis por minhas desgraças, voltaram visivelmente envergonhadas e trêmulas. Os minutos que passaram sozinhas pareceram insuficientes para qualquer acerto de contas. Mas, para mim, isso era apenas uma questão de tempo, pois o pacto que durava dezesseis anos, pela força das circunstâncias, seria logo rompido.

Depois das antigas e dolorosas verdades serem expostas, a audiência teve de ser suspensa.

O juiz, acatando o pedido dos advogados e da promotoria, entendeu que o processo, diante de tudo aquilo, deveria ser um pouco mais amadurecido.

Daquele episódio, pouco entendi, mas o resultado parecia bom pela satisfação que emanava do semblante do meu defensor.

Sob o olhar de compaixão dos dois representantes da lei, saímos da sala. No corredor, os advogados, de honorários de peso, imediatamente fizeram uma barreira entre mim e a importante cliente. Foi lamentável aquela cena. Era como se eu representasse algum risco àquela poderosa senhora. A atitude foi de fato desoladora. Aqueles homens sequer tinham alcançado a extensão de tudo o que havia acontecido há pouco. Foi irônico. Qualquer um, por mais inocente que fosse, podia avaliar quem ali havia sido exposto ao risco durante uma vida.

O constrangimento se alongou do lado de fora. O corredor largo e comprido daquele lugar gélido, rodeado de pessoas acabrunhadas, a busca de solução para os seus sofrimentos, assistiu à imposição do destino, que colocou frente a frente pessoas que um dia não se desejaram e, por isso, se esconderam sob a névoa do segredo.

Aquela mulher, que agora eu sabia ser minha mãe biológica, não conseguiu olhar nos meus olhos. Mas num dado momento, talvez por impulso materno, soltando-se da proteção de seus advogados, voltou-se contra a agente de segurança da Fundação, que me aguardava do lado de fora. Naquele instante, com a voz rígida, exigiu que a moça me tratasse com dignidade, afirmando que eu não era uma delinquente. A agente, que parecia querer demonstrar serviços para aquelas pessoas, assustada pelo resultado contrário daquele que pensou atingir, pediu desculpas por sua atitude. Poucos minutos depois, despedi-me de meu advogado, e fui novamente enclausurada.

Dois dias se passaram e sem qualquer explicação ou exigência, finalmente, eu estava fora daquele lugar para onde eu jamais deveria ter ido.

Soube mais tarde que a minha liberdade não era plena, pois eu ainda ficaria sob a guarda da justiça por muito tempo. Por isso, fui advertida pelo meu advogado que, a partir de então, eu tinha de conter os meus atos, para nunca mais voltar para aquele lugar que, aliás, nem em pensamento eu quero lembrar que existe.

Voltei, naquela manhã mesmo, para a casa de minha patroa. Acho que nunca senti tanta alegria em voltar.

Apesar das críticas e dos olhares melindrados dos vizinhos, consegui me manter em paz.

Dormi profundamente por quase uma semana. Naquela altura, eu estava ainda mais conhecida no Rio de Janeiro do que antes. Ninguém soube responder como tudo aconteceu, mas mesmo contra a vontade de minha nova família, a minha verdadeira história foi estampada em todos os jornais. Finalmente, deixei de ser a moça delinquente, a sequestradora de criança inocente, para ser a menina pobre injustiçada.

Minha nova família, não tinha dúvida, se preocupava sobremaneira com aquela exposição. Entretanto, apesar do esforço para abafar o caso, não conseguia encontrar a fonte das informações que eram jogadas todos os dias na mídia.

A grande preocupação deles, e isso todo mundo sabia, era com a imagem, que por muito tempo ficou gravemente comprometida. Mais tarde, eu soube que os fatos que envolveram a minha história foram capazes inclusive de abalar as empresas de propriedade da família. Mas hoje a credibilidade parece ter sido resgatada.

X

Os dias se passavam e eu continuei quieta em meu lugar. Não queria colocar o rosto para fora de casa, pois ainda me sentia muito perseguida.

Sem entender, naquela mesma semana, comecei a receber muitas mensagens, cartas e presentes de pessoas que jamais havia visto.

Uma delas, entretanto, mexeu sobremaneira comigo. O selo me intrigou demasiadamente. Aquela carta vinha do estrangeiro. Fiquei tão sobressaltada que tive medo de abri-la. Mas não demorou muito para eu ficar feliz. O seu conteúdo era mágico. Nunca me senti tão protegida. Cada palavra se transformava em um abraço, em conforto. Até hoje me sinto embargada ao lembrar-me do carinho que exalava daquele pedaço de papel. Era de um brasileiro que morava com a família em Nova Iorque; um jornalista renomado do jornal *The New York Times*. Por incrível que pareça, aquele homem importante, havia meses e a distância, acompanhava a minha história. Fiquei extasiada ao saber que o meu sofrimento havia chegado tão longe.

Quase um mês se passou, e minha angústia não cedeu. Permaneci trancada em casa, vendo o mundo chegar até mim. Passei dias refletindo sobre tudo. Mas minha cabeça jovem, não menos oca do que antes, não me permitia extrair nada ou chegar a alguma conclusão.

Durante esse tempo, por duas vezes recebi a visita de meu advogado em casa. Ele trazia notícias do mundo lá de fora e dos processos judiciais.

Semanas mais tarde, ele convenceu-me a participar uma reunião no escritório bacana dos defensores de minha mãe biológica.

Aquela conversa demorou uma eternidade até que eles finalmente conseguissem atingir parte do objetivo. O desejo deles era minimizar os reflexos da situação já sedimentada pelas circunstâncias e, para isso, diversas propostas foram lançadas, e, como não poderia deixar de ser, a maioria foi rejeitada. Naquele momento, ainda bastante ferida, não conseguia me imaginar aceitando qualquer coisa daquela mulher que se dizia minha mãe biológica.

Era surreal pensar na possibilidade de morar no mesmo lugar da pessoa que um dia me desdenhou. Isso realmente era a última coisa que eu queria para minha vida.

Entretanto, os advogados do lado de lá se utilizaram de um argumento arrebatador. E foi em razão disso que o meu amor de mãe gritou mais alto. Naquele momento, não pensei em outra coisa, senão em minha filha. Era a grande oportunidade, talvez a única, que eu tinha de finalmente tê-la em meus braços.

Dois ou três dias depois, com muito receito quanto ao que o futuro poderia estar reservando para mim, eu fui morar no apartamento elegante na zona sul, este mesmo, onde vivo hoje.

Aqueles dois dias que antecederam a mudança foram cruciais para mim. Eu não conseguia dormir e os meus pensamentos me torturavam de excitação. Eu passava as noites hipnotizada, olhando para o teto do quartinho, conseguindo enxergar cada defeito, cada imperfeição dele.

Bem, imagino que você deva estar exausto de tanto me ouvir. Preciso descansar um pouco e você também. Continuaremos essa conversa amanhã, se você não se importar.

Depois...

Hoje fique imensamente feliz. Recebi um telefonema do meu amigo jornalista.

Tive o prazer de encontrá-lo algumas vezes quando esteve no Brasil. Na última vez que nos vimos foi bem rápido, pois ele tinha compromissos em São Paulo, ficando apenas um dia aqui no Rio. Esse homem tem me ajudado muito. São tantos conselhos que nem sei se um dia poderei retribuir.

Mas hoje ele me disse, e essa foi a melhor notícia, que no próximo mês, ele a mulher e os filhos vêm passar algumas semanas no Brasil. Finalmente, eu os conhecerei pessoalmente. Nos conhecemos bastante pela internet, mas conhecê-los de perto me trará uma grande alegria.

Tão gentil, disse-me que iremos, eu e minha filha, passar alguns dias com eles no Nordeste. Noto que estou conseguindo refazer a minha vida. Sinto-me melhor, mais fortalecida. Até mesmo as minhas confidências com Deus estão mais intensas. Isso me conforta.

... Antes

Saí da casa de minha patroa com o coração em pedaços e muitas lágrimas no rosto. Nas mãos, uma mochila murcha e surrada, contendo apenas um punhado de roupas puídas.

Quando cheguei aqui, eu quase não acreditei no que os meus olhos viam. A imensidão de tudo era uma coisa espantosa. Sentia-me em transe. Imaginei que o que eu via só existisse na ficção. Mas era tudo real. Achei tudo majestoso, mas não me deslumbrei. Mantive-me, como ainda me mantenho, com os pés feios e esquisitos plantados no chão.

Sem saber o que fazer e pensar, eu passei quase uma semana trancada neste mesmo quarto, onde estou agora. Os meus pensamentos vinham, mas eram obscuros e confusos. Por algum tempo, resolvi parar de pensar na loucura que era a minha vida. Assim, a todo instante, balançava a cabeça para tentar dissipar a onda negativa que com frequência se instalava dentro dela. Mas, lamentavelmente, por vezes esse monstro não se desfazia por nada. Ele insistia em ficar lá dentro, intacto, enlouquecendo-me cada minuto mais.

Por vezes, eu tentava direcionar os pensamentos para outro lugar, mas aquilo parecia impossível. O fato de pensar que eu não queria pensar fazia-me pensar ainda mais. Sem encontrar uma saída, tentava direcionar o meu olhar para o teto branco desse quarto. Buscava nele, incessantemente, algum defeito, para desfocar os meus pensamentos torturadores, mas aqui tudo parecia perfeito demais e, por isso, nem uma imperfeição eu encontrava.

Aquela busca era um excelente exercício para vencer, pelos menos por alguns instantes, a luta que eu havia travado contra as minhas próprias reflexões. Passava, então, a buscar uma explicação para o que os meus olhos viam, ou melhor, para o que eles não viam.

Não encontrar uma imperfeição sequer no teto era muito conflitante para mim. Na minha cabeça, não era possível algo se assemelhar à perfeição. Era complexo entender tudo aquilo. Foi, então, que comecei a traçar um paralelo, no mínimo, excêntrico. Eu queria entender o porquê de minha vida ser tomada por imperfeições e esse teto não. Eu me perguntava, intrigada com aquilo, eu queria entender como uma coisa pode ser isenta de defeitos, e um coração, não. Os meus pensamentos golpeavam em minha cabeça. Nada daquilo ajustava com nada. Eram tantas perguntas a confundir a minha mente. Mas, no fundo, eu precisava entender como essa mulher pôde construir um lugar sem defeitos e, ao mesmo tempo, gerar uma filha com tantos. Não havia resposta.

E assim, os dias se seguiram, até que em uma tarde iluminada pelo sol, tive coragem de encarar outros cômodos da casa. Foi a primeira vez que saí desse quarto para cruzar com as outras pessoas que aqui circulavam. Todas tão diferentes de mim!

A primeira pessoa com quem esbarrei nesse corredor comprido e adornado de quadros foi a babá de minha filha. Senti-me hipnotizada. Era a mesma moça que um dia confiou em mim. Apesar de tudo o que havia se passado, ela ainda mantinha o seu lugar seguro, assim como a confiança dos patrões. O seu olhar, entretanto, fulminou a minha alma. Estava escrito nele o quanto ainda me temia.

Ela olhou-me com desconfiança. Embargada, disse-me um breve olá, deixando transparecer em sua voz trêmula o receio por não saber bem do que eu seria capaz. Pobre de mim, não tinha forças nem mesmo para comer, quanto mais para fazer algo contra quem quer que fosse.

No início era tudo protocolar, não que agora não seja. Até hoje me sinto sem liberdade para fazer ou falar muitas coisas. Ninguém me impede, é verdade, mas ainda não sei qual o meu papel nisso tudo.

Apesar de ser filha biológica da dona disso tudo, que, aliás, oficialmente, ainda é a mãe adotiva de minha própria filha, eu não me sinto à vontade para manter contato direto com as pessoas. Parece que sou uma intrusa que interfere na felicidade de todos. Até para ter contato com minha própria menina eu mesma me colocava numa posição de subserviência. Não havia qualquer restrição, mas eu mesma me policiava em meus atos. Eu não era capaz nem mesmo de entrar na cozinha, sem permissão, ainda que o meu estômago roncasse de fome.

Eu estava insegura. Parecia existir uma camisa de força invisível em volta de mim, amarrando o meu corpo e a minha alma o tempo todo. Eu passava quase todo o dia trancafiada no quarto, solitária e angustiada. Chegavam até mim algumas cartas de pessoas que ainda se solidarizavam com minha história. Isso era a única coisa que me mantinha em pé.

Os dias foram se passando e a amargura e a insegurança me enlouqueciam intensamente. Eu não sabia mais quem eu era, aliás, nem sei se um dia eu soube. Não sabia por que estava ali e, muito menos, por que Deus havia permitido que eu nascesse. Estava ficando insana. Não demorou muito para que minha mãe biológica percebesse meu drama. Foi a partir de então que, pela primeira vez, passei pelas mãos de uma renomada psicóloga, tão diferente das que me assistiram no lar e na Fundação.

O consultório era bonito, a psicóloga também. Acho que isso me travou ainda mais. Na primeira sessão, e acho que nas demais também, eu não consegui falar. Demorei semanas para movimentar os lábios. Primeiro, eu tinha enorme acanhamento para encarar uma pessoa tão diferente de mim, e depois eu achava que tudo aquilo não tinha qualquer necessidade. De que adiantaria remexer na minha sórdida história. Eu me recusava a falar do meu passado, dos abusos sexuais e emocionais que sofri, assim como me recusava a entender o meu próprio presente.

Ao perceber que não conseguia me demover, porque eu continuava da mesma forma como cheguei e, diante do meu silêncio, a psicóloga, que me inibia com seu alinho, desistiu de mim.

Depois dessa, vieram muitas outras. Mas nenhuma conseguia explicar o conchavo que existiu entre as duas mulheres que me rejeitaram e, que mais tarde, acabei por descobrir que foram três.

Foi exatamente nesse ponto que a última psicanalista chegou. Tempo mais tarde, minha mãe biológica teve de participar do meu processo psicológico.

Foram momentos longos de reflexão, lágrimas e muita exaustão. Consegui botar para fora muitas coisas. Isso mais tarde levou-a a conclusão do quanto desastrosos foram àqueles desamparos todos que sofri.

Minha ansiedade, minha angústia e minhas frustações foram cuidadosamente tratadas semana após semana.

Fui-me afeiçoando e vinculando à psicanalista. Não sabia avaliar se ela sabia de tudo aquilo por técnica ou se havia sentido algo semelhante.

Ela era muito pontual. Num dado momento, não hesitou em deixar claro que os sentimentos mais difíceis de serem superados são os da rejeição, da perda e do abandono.

Ela tentava me fazer entender o porquê foram desenvolvidos tantos mecanismos de defesa em meu inconsciente e, na maioria deles, de forma tão negativa, possíveis de desencadear forte e complexa carga emocional, geradora de tantos traumas.

Disse-me, ainda, que a ausência do calor materno, seja de uma ou de outra mãe, deixou de oferecer a mim a sensação de valor. Por isso, a existência desses sentimentos tão arraigados de abandono e de rejeição e essa minha sensação de culpa e de baixa autoestima.

As sessões foram ficando cada vez mais interessantes, porque algo foi despertando dentro de mim. Mas, o que me faltava, era conhecer a verdade sobre a minha própria existência. E a falta disso ainda me fazia muito mal.

Semanas mais tarde, a psicanalista cogitou colocar frente a frente todas as mulheres que, de alguma forma, contribuíram para os meus problemas emocionais. Até mesmo a matriarca, toda poderosa, que hoje sou obrigada a reconhecer como avó, deveria participar de referido encontro.

De tudo o que estava acontecendo, isso foi o que mais me perturbou. No fundo, eu tinha a sensação de que aquela senhora tinha a maior culpa pelo rumo que tomou a minha vida.

Agora, preciso parar um pouco, hoje combinei com minha filha de levá-la ao parque. Essas pequenas coisas, quando faço com ela, fico tão agradecida. Amanhã, continuaremos a nossa conversa.

Depois...

Que bom encontrar você por aqui tão cedo. Finalmente a audiência final está chegando. Há pouco, falei com o meu grande amigo jornalista. Fiquei feliz, pois ele me deu a melhor notícia dos últimos tempos.

Ele virá assistir ao julgamento, mesmo antes das férias programadas, quando virá com a família inteira. Sei que ele é um homem muito ocupado, mas sei também que está aflito com o resultado. Sinto o quanto ele me quer bem.

Vejo-me mais fortalecida e confiante. Os dias passam e parece que algo diferente vai se instalando dentro de mim. Espero mesmo que seja uma decisão justa. Não quero prejudicar ninguém, mas também não quero sair prejudicada. Porém, no fundo, as coisas estão caminhando bem. Depois de tudo, espero que sejam salvos alguns bons sentimentos. Estou ansiosa.

... Antes

Minha mãe biológica, quando soube que a psicanalista gostaria de colocar frente à frente todas as mulheres envolvidas no que chamamos de abandono, resolveu se abrir de uma vez comigo.

Em nenhum momento ela se negou a participar da sessão com a psicanalista. Antes, porém, me confidenciou, sussurrando, que talvez fosse melhor que eu soubesse de toda verdade de sua própria boca.

No dia seguinte, uma quarta-feira cinzenta, daquelas aparentemente também abandonadas pelo sol, acordei, sentindo enorme aperto no peito. A noite havia sido difícil demais. Os pesadelos que eu havia tido me deixaram reflexiva. Foi dolorido acordar sentindo o cheiro do hálito podre daquele bandido tentando lamber a minha nuca. Às vezes, quando isso acontece, penso que o meu passado me assombrará para sempre.

Não tive vontade de tomar café naquela manhã, preferi ficar trancada em meu quarto, precisava de um tempo para pensar mais um pouco em minha própria história.

X

Fiquei surpresa quando, logo após o almoço, ela entrou em meu quarto, agora, com menos formalidades. Estava linda, parecia pronta para um encontro. Com a sua aparência eu já estava me acostumando. Ela se mantinha bonita todos os dias e o dia inteiro. Com semblante pacífico, simplesmente entrou e fechou a porta com chave.

Com delicadeza, puxou a cadeira branca giratória que estava encaixada à escrivaninha, retirou de cima dela o vestido que eu havia usado no dia anterior, e deslizou-a até a beira de minha a cama.

Naturalmente, sentou-se bem próxima de mim, e fixando o olhar em meu rosto, antes de falar uma única palavra, desabou em lágrimas.

Naquele instante, fiquei sem reação. Meu coração de repente ficou ainda mais apertado. Senti pena do sofrimento que exalava de seu semblante. Mas juro, não sabia como agir. Por um instante, pensei em confortá-la, afagar a sua mão ou abraçá-la. Pensei em levantar da cama para pegar um lenço de papel no banheiro, para ajudá-la a enxugar as lágrimas, limpar o rosto, mas não consegui fazer nada, absolutamente nada. Permaneci ali estática, apenas a esperar o desenrolar daquilo que um dia eu imaginava fosse acontecer.

Tentando se mostrar um pouco mais firme, ela ajeitou-se na cadeira escorregadia, que parecia violar a sua vontade, e com coragem, passou a mão nos olhos, não se importando em borrar sutilmente a maquiagem impecável.

Aproximou-se um pouco mais. Bem perto do meu rosto, olhou no fundo dos meus olhos e me pediu perdão, por todo mal que havia me causado.

Nesse momento, suas lágrimas se desenfrearam. Trêmula jogou-se em meus braços.

Ficamos ali, abraçadas, por alguns instantes. Confesso que não consegui exercer a insensibilidade que eu tentava pregar para mim mesma o tempo todo. Foi difícil, mas o calor daquele corpo, o pulsar forte de seu coração e o cheiro inconfundível de mãe, me fizeram desabar também.

Quando nos soltamos uma da outra, continuei calada, porque eu não tinha o que falar, mas muito que ouvir. Enxuguei as minhas lágrimas com a manga da camisa branca de cambraia que vestia e me recompus. Ela também.

Acho que o relato daquela mulher só não foi mais triste que as consequências de seus próprios atos. E isso, eu sei melhor que ninguém, porque os efeitos daquilo tudo fui eu que vivi.

Ela começou dizendo que sua atitude imatura e inconsequente foi tão grave e covarde que nem mesmo Deus a poupou. Punida com a mais austera das penas para uma mulher, nunca mais pôde gerar um filho.

Ela tentava me dizer que não só Deus a julgou, mas que ela mesma, pois durante uma vida, se penalizou cruelmente por tudo. Disse-me que, apesar de ter sido obrigada a fazer o que fez, jamais se perdoou.

Contou-me com todas as letras, que depois daquilo tudo, nunca mais se amou, ao contrário, sentia por si mesma um ódio contumaz, em especial por sua incapacidade de manter consigo uma parte de seu próprio ser.

Sua consciência, repetiu compassadamente mais de uma vez para que eu entendesse, sempre teve um peso insuportável. Durante o dia, vivia às margens de suas desgraçadas atitudes e, à noite, a realidade assombrava o seu sono.

Foi aos dezesseis anos, confidenciou-me chorando, que se apaixonou perdidamente pelo filho do zelador do prédio onde viviam. Isso deixou a família de cabeça para baixo.

Foi uma paixão entre dois jovens que mal sabiam o que estavam fazendo. O relacionamento durou menos de três meses, mas foi suficiente para desgraçar a vida de muita gente.

Para os seus pares, era inaceitável que a filha de um banqueiro poderoso do Rio de Janeiro pudesse comprometer a reputação de uma família inteira com um miserável qualquer.

Enquanto ela falava, meu coração pulsava e meus pensamentos voavam. Nunca pude imaginar, mas ainda no ventre dela, passei sete meses na Grécia. Foi em Creta, numa casa da família que ela ficou durante a gravidez inteira. Também jamais imaginei que o ruivo intenso de meus cabelos vinha de minha descendência grega.

As lágrimas dela se intensificaram ao falar do parto difícil que teve. Sua mãe, que hoje tenho de reconhecer como avó, queria deixar-me lá naquele país tão distante. Mas isso ela não permitiu.

Em pranto, disse que foi a única coisa que conseguiu impor. O meu registro de nascimento foi feito na Grécia, mas, quando chegamos ao Brasil, o meu destino já estava traçado.

Foi muito difícil ouvir aquilo tudo. Saber que a mulher que me criou, aliás, com tanta indiferença, foi empregada daquela gente rica. Seu compromisso, na época, era entregar a criança não querida para outra família adotiva, mas por dinheiro, ela nunca o fez. Fiquei transtornada, pois esse defeito eu pensava que ela não tinha.

Para garantir algum direito futuro, aquela mulher que havia trabalhado tantos anos como doméstica da família, logo nos primeiros dias de minha vida, providenciou o meu registro de nascimento no Rio de Janeiro, intitulando-se como minha mãe. Durante alguns meses, extorquiu dinheiro de minha família biológica, sempre ameaçando a mentora de tudo, minha avó, em entregar o bebê ao humilde filho do zelador.

O pior dessa história, e o que me fez chorar ainda mais, foi saber que o meu pai, um adolescente, filho de um pobre sujeito, sem nenhuma explicação, meses depois do meu nascimento, foi encontrado morto sobre a cama que dormia.

Essa talvez tenha sido a forma que a matriarca encontrou para conter as ameaças de quem me criava. Depois de saber do risco que também corria, a doméstica nunca mais apareceu, tratando de me criar do jeito que dava. Fiquei estarrecida pelo lado mercenário daquela mulher, que eu também não conhecia.

Bem, acho que devemos parar por aqui. Podemos continuar amanhã. Estamos todos exaustos.

Depois...

Gosto de acordar mais cedo para vir falar com você. Há meses conversamos quase todos os dias. Penso que quando esta rotina for alterada, sentirei muito a sua falta. Você me ouviu, me compreendeu e não me julgou. Guardarei tudo que passamos aqui no fundo de meu coração. Com você eu aprendi tanto. Aprendi a esperar, aprendi a desabafar e aprendi que cada coisa tem o seu tempo para amadurecer.

Bem, mas vamos continuar, depois de alguns dias que quase tudo foi jogado às claras, a terapia também começou a fazer algum sentido.

Mas não foi nada fácil aceitar a desculpa de que a reputação da família seria atingida se a sociedade carioca soubesse que a minha mãe tinha tido uma filha com um pobre ninguém. Isso, eu acho que jamais vou entender. O absurdo foi tão monstruoso que até de meu avô, que hoje conheço por foto, foi omitido toda essa verdade. Tempos depois de meu nascimento, ele teve um mal súbito, do qual minha mãe e eu não contribuímos.

Talvez agora eu possa compreender melhor algumas atitudes. Outras não. Mas vejo que minha mãe biológica também foi vítima. Acho que isso não me conforta, mas me ajuda a entender a dinâmica da vida.

O tempo vem passando, e muito rápido, mas eu não consigo gostar de minha avó. Isso é desolador. Por outro lado, estou tão próxima de minha mãe quanto minha filha de mim. Isso é compensador.

A outra mulher, que um dia mal cumpriu o papel como se propôs, não suportou a prisão de seu companheiro, pelos crimes que cometeu contra mim, e voltou para o Norte, sua terra natal.

Achei que a decisão final do juiz que, aliás, você acompanhou de perto, fosse resolver todos os meus dilemas emocionais. E não foi exatamente assim.

Apesar de tudo ter dado certo, ainda sinto-me estranha por dentro. A psicanalista disse que apenas o tempo poderá colocar as coisas nos devidos lugares. Quero acreditar nisso! Minha ex-patroa, pessoa que amo de verdade, também diz que no futuro tudo isso ficará bem pequeno. Espero!

A maior recompensa dos últimos tempos foi expressar no papel a verdade de nossas vidas. Agora no meu registro de nascimento constam os nomes de minha mãe, uma jovem linda, que ganhou um novo brilho no olhar, e de meu verdadeiro pai, um filho morto de um zelador honrado. Esses mesmos nomes constam também na certidão de nascimento de minha filha, como avós. No documento dela faltará o nome de um pai. Mas não tenho pressa, pois quem sabe um dia eu possa encontrar uma pessoa digna para ocupar esse lugar. Sinto-me recompensada por isso.

Hoje... (dois anos depois)

Há tempo eu e você não conversamos, mas hoje eu precisava vir aqui te contar como anda a minha vida. Nesses últimos anos, continuo aprendendo a falar com Deus. Agora, finalmente, consigo entender tantas mensagens, antes obscuras. Vejo e compreendo significado em simples sinais, aqueles que anteriormente nem conseguia identificar.

A minha vida, que está começando a fazer sentido, vai cada vez melhor. Mantenho a terapia, retomei os meus estudos e as rédeas de minha caminhada.

A feiura dos meus pés já não me incomoda, os meus joelhos não esmagam mais a minha cabeça e cumprem apenas a sua função natural. Estou feliz no amor. Tenho ao meu lado um homem extraordinário, que nem em sonho imaginei existir. Tudo isso para mim está sendo uma gratificante experiência. Aliás, estamos de malas prontas. Eu, minha filha e babá, a mesma de antes, passaremos uma temporada fora do país. De presente a vida me deu também um sogro dos sonhos. Parece incrível, mas é ele mesmo: aquele jornalista americano, que tanto admiro e tenho como um pai, agora fará parte de minha vida para sempre. Iremos passar alguns meses com sua família em Nova Iorque.

Minha mãe está radiante e cada vez mais linda, ao lado de seu marido, um homem bom. Ela acredita que esse tempo fora do Brasil fará bem para todos nós. Eu também. Tenho certeza de que vou sentir muito a falta dela e isso deixa o meu coração imensamente feliz.

FIM

A melhor maneira de tornar as crianças boas, é torná-las felizes.

Oscar Wilde

Enfrentamento e combate ao crime silencioso

A Organização Mundial da Saúde (OMS) define o abuso sexual infantil como todo envolvimento de uma criança em uma atividade sexual na qual não compreende completamente, já que não está preparada em termos de seu desenvolvimento. Não entendendo a situação, a criança, por conseguinte, torna-se incapaz de informar seu consentimento. São também aqueles atos que violam leis ou tabus sociais em uma determinada sociedade. O abuso sexual infantil é evidenciado pela atividade entre uma criança com um adulto, ou entre uma criança com outra criança ou adolescente, que pela idade ou nível de desenvolvimento está em uma relação de responsabilidade, confiança ou poder com a criança abusada. É qualquer ato que pretende gratificar ou satisfazer as necessidades sexuais de outra pessoa, incluindo indução ou coerção de uma criança para engajar-se em qualquer atividade sexual ilegal. Pode incluir também práticas com caráter de exploração, como uso de crianças em prostituição, o uso de crianças em atividades e materiais pornográficos, assim como quaisquer outras práticas sexuais.

De acordo com dados do sistema de Vigilância de Violências e Acidentes do Ministério da Saúde, o abuso sexual é o segundo tipo de violência mais comum contra crianças, ficando pouco atrás apenas para as notificações de negligência e abandono. Apesar de ser um problema de saúde pública, todos nós devemos estar atentos e prontos para combater essa prática criminosa. Por isso é fundamental denunciar todo e qualquer tipo de abuso ou exploração sexual contra meninas e meninos. Temos de romper a barreira do silêncio, da vergonha, do preconceito e do medo. A denúncia é o maior instrumento de intervenção da sociedade para coibir essa prática inaceitável.

Como denunciar

No Brasil, para denunciar qualquer caso de abuso sexual contra os nossos jovens, você pode utilizar os seguintes meios:

Disque 100 – O Disque Direitos Humanos é o principal canal de comunicação da Ouvidoria Nacional dos Direitos Humanos com a sociedade. É um serviço telefônico gratuito de recebimento de denúncias e reclamações sobre violações de direitos humanos, com foco em violência sexual infantojuvenil, vinculado ao Programa Nacional de Enfrentamento à Violência Sexual, coordenado pela Secretaria Especial dos Direitos Humanos da Presidência da República.

Por meio do Disque 100, pode-se denunciar violências contra crianças e adolescentes, obter informações sobre o paradeiro de crianças e adolescentes desaparecidos e tráfico de pessoas.

É uma via de comunicação da sociedade civil com o poder público, que possibilita também conhecer e avaliar a extensão da violência contra os direitos humanos e o sistema de proteção, bem como orientar a elaboração de políticas públicas.

O serviço funciona todos os dias, inclusive nos fins de semana e feriados, das 8h às 22h. As denúncias recebidas são analisadas e encaminhadas aos órgãos de defesa e responsabilização, conforme a competência, num prazo de 24h. A identidade do denunciante é mantida em absoluto sigilo.

Conselhos Tutelares – Os Conselhos Tutelares foram criados para zelar pelo cumprimento dos direitos das crianças e adolescentes. Eles devem receber a notificação e analisar a procedência de cada caso denunciado. Se for confirmada a violência, o Conselho Tutelar deve levar a ocorrência ao conhecimento do Ministério Público.

Varas da Infância e da Juventude – Nas cidades onde não há Conselhos Tutelares, as Varas da Infância e da Juventude podem receber as denúncias.

Outros órgãos que também estão preparados para ajudar

Delegacias de Proteção à Criança e ao Adolescente

Delegacias da Mulher

Delegacias de Polícia

Polícia Federal

Polícia Militar – 190

Polícia Rodoviária Federal – 191

Fonte: UNICEF Brasil e <www.planalto.gov.br>.

Grupo
Editorial
LETRAMENTO